遥远的清音

邱保华 著

天津出版传媒集团

天津人民出版社

图书在版编目（CIP）数据

　遥远的清音 / 邱保华著 . -- 天津 ：天津人民出版
社，2020.5（2021.9重印）
　ISBN 978-7-201-15816-7

　Ⅰ．①遥… Ⅱ．①邱… Ⅲ．①散文集－中国－当代
Ⅳ．① I267

中国版本图书馆 CIP 数据核字（2020）第 036620 号

遥远的清音
YAOYUAN DE QINGYIN

出　　版　天津人民出版社
出 版 人　刘　庆
地　　址　天津市和平区西康路 35 号康岳大厦
邮政编码　300051
网　　址　http://www.tjrmcbs.com
电子邮箱　reader@tjrmcbs.com

责任编辑　张潇文

特约编辑　李　路　　张逸尘
封面设计　钟文娟
排版设计　刘昌凤

制版印刷　北京欣睿虹彩印刷有限公司
经　　销　新华书店
开　　本　880 毫米 ×1230 毫米　1/32
印　　张　6.75
字　　数　150 千字
版次印次　2020 年 5 月第 1 版　2021 年 9 月第 2 次印刷
定　　价　59.80 元

序

浸透着情趣的乡愁

蔡先进

邱保华先生将要出版第二部散文集《遥远的清音》，嘱我写篇序言。好友相托，却之不恭。我与邱保华相识于 4 年前的湖北省文艺理论骨干高研班，一见如故，自此成为网上好友，心灵知交。今年初夏，邱兄带领鄂州老年大学国学班 40 余名学员前来新洲开展第二课堂活动，邀请我作向导，我们一起参观了道观河风景区，看了万佛塔和睡美人山峰，最后一站去了著名的孔子问津书院。期间，他特地提到：天津人民出版社拟出版他的乡愁散文集《遥远的清音》，想让我写篇序言。我感到高兴，又有些紧张，邱保华比我年长，是湖北省鄂州市作协副主席，鄂州老年大学特聘国学教师，文学名气和成就都比我高，难得他对我如此信任与赏识，我不便拒绝他的盛情，于情于理都必须答应啊！不久，他发来《遥远的清音》书稿的电子版，我立即怀着崇敬与激动的心情阅读。

邱保华曾著散文集《心旅屐痕》、诗集《感受方式》、人物传记《林氏忠烈》和中篇小说《山舞红樱》等多部，编著有《星光灿烂》《中国文化概谈》《映山红文丛》等，其文艺评论自选集《隔岸观花》、革命故事集《大别山烽火》也在待出版中。可谓著述颇丰、学养深厚。他20岁时在全国知名期刊《儿童时代》和《小说选刊》发表组诗和小说读后感，以后笔耕不缀，不断有新作发表、获奖。无论是文学创作，还是文艺评论写作，都成就突出。他是湖北省作协和省文艺评论家协会会员，同时，他还是颇有影响的地方文化研究专家，是鄂州市人民政府社会科学专家库成员、湖北省民间文艺家协会会员。

余言少叙，序归正文。散文集《遥远的清音》50多篇，20万字，是邱保华从事创作30多年来，乡愁童趣题材的散文作品集束式汇展，凝聚着他30年的汗水与心血，可谓有内涵、有情趣、有思想，有力度、有深度、有厚度。《遥远的清音》无论是写人叙事，还是写景抒情，既有浓墨重彩的故乡民情风俗描绘，亦有栩栩如生的童年叙事，既有令人捧腹的读书趣事，亦有感人至深的亲情散文，还有感人肺腑的师生情谊，作者用平实朴素的笔调娓娓道来，弥漫着浓郁的童真童趣，充满诗情画意，读来趣味横生，特别是关涉故乡的散文，读来感同身受、极易引起情感的共鸣。

做一个心中有故乡的人，是幸福的。邱保华便是一个心中有故乡的作家，他的"第一故乡"是团风县但店镇，"第二故乡"是团风县回龙山，人到中年从黄冈转到鄂州工作，鄂州成为他的"第三故乡"。邱保华的少年儿童时代是在第一故乡但店度过的。对作家而言，童年经验是一种具有审美特征的认知方式和记忆体验，对创作会产生广泛、深刻而持久的影响。关于童年经验，著名评论家童庆炳说过："童年经验是作家创作风筝的线，相当重要，许多作家很感谢自己的童年。无论是苦难的童年还是幸福的童年，童年的生活经验作为审美对象而直接进入创作之中。"如本集《童谣里的年俗》《那年明月照到今》《"软萩"芳香醉心田》《儿时趣事一桩桩》等篇什见证了作者无忧无虑的少年时代，充满天真无邪和童真童趣。散文《端午节里发粑香》和《最馋家乡烫豆膏》描述的乡村食物发粑和豆膏，均是鄂东人民耳熟能详、妇孺皆知的吃食，通过作者细致精当的描写，极易唤起读者的情感共鸣，读来感同身受、扣人心弦。《攒下肉票》忆苦思甜，刻画了"凭票供应"的特殊年代人民生活的喜乐哀愁。

《童年的塆子》写了对童年美好时光的无限怀念，弥漫着浓郁的农耕田园文化情结，有着很深的怀旧情绪，流露出隐隐约约的批判色彩："我没有看见童年的风景，没看见苍鹰在云彩下盘旋，没有炊烟在蓝空中升起，山坡的树好像稀少了，田园里也没有草籽花，小湾子寂静得只听见公鸡的打鸣。我的童年的风景已消失在遥远的梦境里了。"

游记人人可写，倘若写好也非易事。有的作家往往把游记写成旅游说明书、游览手册，读来干瘪枯燥乏味。游记最大的弊端是平铺直叙，贪多求全，平均着墨。我认为写好游记，需要深厚的散文创作基础做铺垫，游记重在写出所见所思所感所悟，尤其是要写出独到的感悟或体悟，游记的灵魂是"神思"。《面朝大湖，春暖花开》这篇游记文笔优美，写景与抒情兼收并蓄，运用句式匀称的对比排比，流淌着诗的韵致，简直是如歌的行板。《走过三山，豁然开朗》这篇游记偏重于历史人文的挖掘，民间故事和传说信手拈来，兼具可读性和趣味性。由是观之，邱保华的游记散文写出了自己的个性和风味。

明代著名学者张岱曰："人无癖不可与交，以其无深情也；人无痴不可与交，以其无真气也。"记得有位当代作家说过，兴趣爱好有时候会变成一只船，将你带到理想的彼岸。因为喜欢收藏，邱保华成了一名如饥似渴的收藏家；因为爱好读书与写作，邱保华成长为一名颇有造诣的作家和评论家。《收藏快意人生》讲述的一个细节非常感人，就是作者为了去抢被风刮到桥下的烟标，不小心弄丢了钢笔的憾事。《刻蜡纸》记叙了作者当文学社副主编，办文学刊物《龙山草》，刻写、排版、油印、装订的那段激情满怀、虽累却快乐的岁月，其中有个情节写得非常有趣，让人过目难忘：有一次，作者同文化站刘站长在宿舍油印到半夜，被民警盯上，以为是小青年聚众听录音机播放邓丽君的"靡靡之音"，当得知作者是义务办刊时，深受感动，并要求加入文学社。《深更半夜盘"纸头"》写作者通过剪贴整理报刊的爱好，尽情享受人生乐趣的故事。

作为一名地方文化研究专家、民间文艺家，邱保华撰写了大量颇具人文价值的地域风情散文，为发掘与传承当地地域文化作出了自己的贡献，可谓功莫大焉。邱保华除了写乡情乡愁、民俗风情等题材散文，还写了一些动人心魄的亲情散文。窃以为，文人历来写起亲情散文最动人心。《母爱如井》《二爷》《初撞大学门》《那年五月，家有考生》等篇什便是其中的力作。

《母爱如井》热忱赞美了母爱的无私博大，其中一个场景动人心魄：那是作者上高中时候的事情，当时学校改成"五七中学"，作者非常反感学校天天搞劳动，说了一些消极的话，被老师告到家里，吓得一个月不敢回家，怕被母亲责骂。母亲见"我"没回家，便亲自去学校送衣服、食品，连"我"的面都没见，便离去。当我打开包裹，满眼都是母亲的关爱，作者用饱含深情的笔墨写道："摸着那仍然散发着热度的菜罐子，想象着母亲含着泪水为我炒制可口菜肴的情景，我不禁鼻子发酸，眼泪涌了出来。"当读到这个场景，我不禁热泪盈眶，油然在心中欢呼"母爱万岁！"《在朦胧中》借一场梦思念父母，抒发远在他乡的游子情怀，短小精悍，结尾颇富诗性哲思："假如人生总停留在童年，那该多好。人长大了可真是一件遗憾的事，要丢失很多不愿意丢失的东西。"

《二爷》前半部分写二爷对"我"的宠爱，读来让人倍感温馨亲切；后半部分写二爷很小就到新疆"支边"的坎坷曲折、最后遇到贵人转运的故事，充满传奇色彩，颇有小说风味，显示了作者深厚的小说功底。

《初撞大学门》写"我"初生牛犊不怕虎的故事，作者刚刚高中毕业时，一边放牛一边读书备考，农场小学校长到家里来，想聘"我"当民办教师，"我"竟然不知天高地厚提了一个条件："不要影响我考大学"。作者颇具自尊和倔强个性的形象顿时跃然纸上。

《那年五月，家有考生》写出了高考生的艰辛和家长的疲累，写出了父母望子成龙的心理，"我"没有经过儿子的允许，擅自聘请博士生当家庭教师，遭到儿子的奋力反抗。在父子的思想碰撞中，通情达理的父亲终于意识到个人行为的失当，开始信任并理解了儿子。《又是一年樱花开》写儿子陪父母逛武汉大学樱花园，儿子左右手分别挽着爸妈的手，以及儿子对"我"温存的提醒，营造了一股温馨怡人的散文氛围，可谓一曲关乎亲情的盛情赞歌。

《风雨忆良师》《恩师远行水云间》两篇文章纪念著名作家丁永淮和

知名报人李振波，成功塑造了二位文学前辈平易近人、治学严谨、甘为人梯的形象。在《恩师远行水云间》中，对鄂州日报社老社长李振波这个人物的刻画更丰满，年过七旬仍坚持一大早同作者一起到旧书摊淘书，还有老社长在作者的陪同下，亲自过江给黄冈市藏书家刘明华送去捐赠的图书资料——这两个颇具"世俗化"的细节描写，充满烟火气息和人情美，读来让人倍感温暖，老社长的形象霎时血肉丰满、生动鲜活。

纵览全书，作者充分地将小说刻画人物的生动有趣、诗歌的韵致、民间传说的传奇色彩和报告文学擅长凸显主人公精神风貌等各种体裁的优点成功融入到散文创作，加上其多年的文艺理论素养的积淀，使得他的散文成分多元、内涵丰满，实为一部不可多得的优秀散文作品集。

倘若要谈这部散文集有什么不足之处，那就是少数讲述历史人文风情的篇什中，有时不厌其详、事无巨细地沉浸于民俗知识的阐释，容易落下累赘之嫌，给读者带来审美疲劳，像《故乡老屋》这样有着文化意味的散文，毕竟不同于学术味道较浓的民俗风情研究。邱保华的散文古典传统风味更浓，书卷气很重，但语调稍显一本正经，若用些类似戏谑调侃的轻快语调，或许能产生别有洞天的艺术效果呢！但毕竟瑕不掩瑜，这点瑕疵丝毫遮掩不了整部散文集语言的光辉和情感的美妙美好。

在乡愁里酿蜜，在乡情里漫步，在乡音里沉醉，在乡风里神游，枕着故乡的风土人情入眠，邱保华用或平实或优美的笔调，给我们描绘了一幅幅清新灵动、赏心悦目的乡愁画卷，洋溢着浓郁的童真童趣，读来情趣横生，别有一番生机和气象。在我看来，邱保华通过他的这部散文集《遥远的清音》，无意间完成了"浸透着情趣的乡愁"的审美追求。

冗言赘语，不敢言序。

2019 年 10 月 15 日　于武汉市新洲区邾城街淡朴斋

（作者系第七届冰心散文理论奖获得者、中国文艺评论家协会会员，湖北省作家协会会员、《作品》杂志社特约评论家、武汉市新洲区作协副主席）

代自序

乡愁是文学永恒的"根"

乡愁是文学永恒的"根"。 乡，就是故乡、故土，是人及其感情萌发与寄托的地方；愁，就是感情、是回忆、是抒怀。故土、乡村、童年和往事，是铭刻灵魂、溶进血液的记忆。这些记忆，伴随我们的一生，不离不弃。虽然随着工业化和城镇化的发展，许多人走出了乡村，许多乡村也逐渐变成了城镇，但谁也不可否认，我们每天于喧嚣的围城中，一睁眼一闭眼总能感觉到乡村的存在、故土的呼吸，触摸到故土的苦难和故乡的温馨。

乡愁，对于我们每个人来说总是那么高尚而又亲切，因为我们生命的孕育与诞生，我们的起步与成长，我们的幸福与欢乐，点点滴滴，都与故乡的荣辱兴衰息息相关、紧紧相连。人类是有血肉、有情感的载体，对生养自己的故土会有一种不可替代的情怀。有人把这类写童年、写故土、写乡村题材的诗歌、散文、小说、剧本等文学体裁，称为乡愁文学。这是一个朴素的分类与命名，它的出现，注定要被大众记住并流行开来。

乡愁是最贴近人的情感的一个词，它的一声叹息、一句叮咛、一道呼唤，直逼心灵最柔软的地方，滋润人的生活与情怀。乡愁不光承载着沉甸甸的收获与喜悦，更承载着人类的淳朴与善良、疼痛与苦难。我们的先辈，世世代代在乡村里生活，在原野里耕播和收割，在土地里寻找希望，日复一日，年复一年。养育我们生命和承载我们希望的那一片乡土，是多灾多难的乡土，但又是温润宽厚的乡土，是我们伸手触摸都会兴奋激动的乡土，揣在怀里才觉得最温暖最踏实最可靠的乡土。

越是民族的，越是世界的；越是乡土的，越是伟大的；越是童真的，越是难忘的。

乡愁文学并不是现在才有。古往今来，凡是有作为的作家，都是有乡愁情怀的作家，但凡打动人心的文学经典，都饱含乡愁元素。值得警醒的是，随着社会现代化、信息全球化以及文化互融化的发展，使得当下一些作家逐渐淡忘自己的"根"，许多"根"也在时下的烈风燥雨中呈萎缩状。这些割断根源、飘浮虚空的文学，不仅本身是短视和短命的，还会影响整个国家和民族精神的营养供给，这是危险的。所以，一个有担当的作家，他必须是乡愁创作激情的永恒葆有者。

首先，乡愁是创作的底气，是作品的灵魂。要成为一名真正意义上的作家，最根本的是要有扎实的生活基础、语言功力和文化涵养，还要有深邃的思想、纯净的心灵、敏锐的思考和丰富的想象，对笔下的文字要葆有一份激情、执着和敬畏，而具有乡愁意识的作家，就具有这样的精气神。他有着对生活本土和对生命本源的深深热爱，这种情感渗透在文字中，自然字字珠玑，令人怦然心动。

其次，对故土的敬畏感是从事神圣创作的根本。乡愁文学表达的是作家的故土体验，必须是有浓郁故乡情结的人，用真情实感和敬畏之心去感知和领悟乡土才能写得出来。当他们看到原野青青的禾苗、村庄缕缕的炊烟、山坡盛开的桃花和沟渠潺潺的流水；当他们听到一声鸡鸣、一声犬吠、一声牛叫、一声劳动号子，都能引起自己灵魂的强烈冲击与震撼。也就是说，我们的作家只有深入到生活最底部，才能体味到泥土的厚重，才能像农民种地那样去挖掘自己的内心，才能写出真正有激情、有创造力、有穿透力、有爆发力的作品来。

再次，作家的良知和社会担当需要乡愁。作家的担当，就是作品对社会的责任。作家要用良心关照社会，用道义引领民众，用文字的情感去抚慰民心，特别关注占中国最大多数的村庄人的生存境遇，也就是说，文学要有人文关怀，关注世道人心，敢于大胆揭示社会问题和矛盾，给生活在底层中充满困惑与困苦的人们指出希望，这才能充分体现作为作家的一种强烈社会责任感。

此外，乡愁是一个作家独特的灵性体现。学富五车，不如人生一悟。作家的灵性，就是其体现作品对生命、对世态、对未来以及对语言的极高观察力和理解能力，归结到乡愁上，就是对故土的每一件小事、寻常事，都要有高度的敏锐度，触类旁通，进而写出意蕴深邃的文字。灵性应当是作家的天分，而这天分与感触分不开，没有对故土刻骨铭心的感触，没有对这感触细细品味的功底，再好的天分也发挥不到极致。所以，我们要感谢故土给我们生命，感谢我们生命中那一段故土时光，要对淳厚的乡风、淳朴的乡民、美丽的乡村风景和鲜活有趣的乡邻故事保持一种特有的灵性，让灵性在生活和灵魂中碰撞出火花，让火花在乡愁中燃起大文学的圣洁之火，继往开来，生生不灭。

（选自作者文艺评论自选集《隔岸观花》2011 年 4 月）

目录

遥远的清音

遥远的清音

遥远的清音

遥远的清音

常忆故乡过大年

忆故乡，最忆是童年。我童年时，故乡过大年的情景最是难忘。

我的故乡坐落在鄂东的山区，那里村落偏僻，交通闭塞，但山清水秀，有着美丽的田园风光。故乡的人们热情、耿直，故乡的风俗古朴、温馨。特别是春节，我们叫作过大年，过得是那么的热闹、浓烈，叫人难以忘怀。

小时候，每到放寒假，我们就抱着日历等过年，一天撕去一页，盼年快快来，饭吃不下，觉睡不安，被大人们称为"望年饱"。

从腊月中旬起，生产队里的农活就渐渐安排得少了，婆婆妈妈们基本上就待在家里办年食：洗黄豆、浸黄豆，然后挑到磨坊做豆腐；淘糯米、蒸糯米，再让男劳力们在家里捣糍粑；翻箱倒柜，找出收藏了大半年的花生、蚕豆、红薯片、杂粮果子，用沙子拌了，在锅里翻炒，炒得满村飘香；还要烫豆膏、做鱼面、炸丸子、卤牛肉，每天都忙到深更半夜，乐此不疲。叔叔伯伯们则忙着结网捞鱼，杀猪宰鸡，不时地赶到镇子上去购买年货。大家一边忙乎着，一边欢笑着抱怨："这在家里办年食呀，比到田畈干活还累哟。"

我们这些小毛头当然是不理解大人们辛苦的，每天就邀了全村的小伙伴，走东串西，这家弄一把花生，那家赚一碗豆腐脑，嘴里还不住地吼唱："二十五，打豆腐；二十六，割年肉；二十七，望年急……"

腊月二十八，是小年，我们那里叫"还福"。二十七的夜里，鸡叫头遍，大人们就把我们从睡梦中喊醒。这时，堂屋的方桌上亮起两根红蜡烛，满屋子摇晃着喜庆的光辉，丰盛的菜肴摆好了，浓郁的当地老酒也斟好了，碗筷俱齐，大人们就是不让我们上桌，规定连凳子都不能碰一下，说这头一道菜是给先人办的。先人一年到头，在外游荡，现在要接先人回家过年，并留在家里待到正月十五才离去。我们诚惶诚恐地盯着热气腾腾的菜肴，口水直流。等大人们烧完了一摞又一摞的纸钱，也念叨了一遍又一遍的祈祷后，我们依次跪下，面向餐桌叩拜，拜毕，再放一串爆竹，供先人的程序才算完成。于是撤下这一道道酒菜，再换上热的酒菜，一家人上席，欢天喜地地吃起年饭来。年饭要慢慢吃，越慢越好，边吃边诉家常，从凌晨吃到晌午。那时，我的祖母在这顿饭中，吃到多久，就把吉祥话说到多久，听得我们心花怒放。

年三十的夜里，我们要"守岁"。吃过晚饭，妈妈就给我们换上新衣裳，一家人围坐在火塘边（用树兜架在堂屋的一角燃烧）拉家常、讲笑话，同村的人互相串门打纸牌，肚子饿了就烤糍粑吃，怎么样找乐子都行，就是不准去睡觉。小伢们熬不住，可以在大人的怀里睡一睡，妇女们也可在午夜以后到房间休息，但男子汉必须"守岁"到天明。

天明了，打开大门，一家人走出门外，放一挂长长的鞭炮，算是"出方"，表示走进了崭新的一年。

正月初一以后，就是亲戚朋友互相串门，谓之"拜年"。拜年要拎上红糖包，就是用厚纸包上一些红糖或糖果，包成宝塔形的小包，贴一片红纸在上面。小孩子把红糖包拎着，紧随着大人们一家家去拜年。每到一家，向长辈喊一声"拜年"，这一家就放一串爆竹，随即给我们弄点吃的，往往吃不完，喝两口水就再走下一家，一天要走好几家，赶着完成任务似的，又兴奋又辛苦。

正月间，山村照例要举办一些娱乐活动，如采莲船、蚌壳精、舞狮子之类的。条件好一点的地方，就搭个戏台，请地方剧组来唱几天大戏。唱大戏最热闹了，五乡八堡的人赶着去看。特别是办大戏的村子，人们早早就把年长的亲戚接过去住下来，等着看戏。我想那些老爹爹、老婆婆也不一定能看得出什么名堂来，图个热闹罢了。那个时候，我的印象中还少有舞龙灯的队伍光临，倒有两年兴过赛诗会之类的，现在想起来十分恍惚，记不清了。

过大年的结束，是在正月十五元宵节。家家户户摆盛宴，桌上当然不能少了元宵这道食品，像腊月二十八"供祖"那样，先让先人"吃"过，烧纸放鞭炮，送先人离开，然后一家人再欢享食物。傍晚时分，还要到主坟地去"上亮"，好让先人返回时看得清路，不致跌跤。元宵节的夜晚，家家户户都要摆一个灯笼，点到天亮，大概是想把年留住的意思吧。每到这一夜，我们就瞪大眼睛看着那红红的灯笼，想到这灯笼一熄，快乐的春节就过完了，心里便生出不舍之情。

如今，随着离开故乡的时间久远，随着年纪的增长，过大年的往事已成为五色宝石般的记忆了。

童谣声里说年俗

　　春节是民间最隆重的节日，俗称过年。自古至今，一年一度，周而复始。春节总是充满神圣和欢乐，牵绊着中华儿女的期盼和眷恋。每到腊月将近，清脆而亲切的童谣歌声此起彼伏，响遍巷陌原野，渲染出一派温馨热闹的年味。

　　歌谣是民间的心声，是现实的写照。我们如今所听的春节童谣，满含喜庆祥和，男女老少对过年的憧憬与喜悦跃然而现："新年到，齐欢笑；女要花，儿要炮；老婆子要吃新年糕，老头子要戴新呢帽。"特别是反映年俗时序的童谣，成为春节主题曲："小孩小孩你别馋，过了腊八就是年。二十三，糖瓜粘；二十四，扫房子；二十五，磨豆腐；二十六，买年肉；二十七，宰公鸡；二十八，把面发；二十九，做黄酒；三十晚上熬一宿，初一初二满街走。"

　　可是，我小时候在故乡听到的过年童谣却是另一番感受。"二十二，炒泡儿；二十三，大碓栓；二十四，嗦鱼刺；二十五，打豆腐；二十六，称年肉；二十七，正着急；二十八，无了法；二十九，一定有；三十不见面，初一大摆手。"虽然表现出对过年的期盼，但更多反映出旧时农家对过年的无奈与心酸。

庄户人一年到头，面朝黄土背朝天，辛辛苦苦干到腊月，该收的收了，该藏的藏了，此时天寒地冻，田畈里也没得多少农活可做，正是冬去春来、新陈相接的时间点，应当盼望着有一个大年节来休息调整一下，欢庆一番。所以，过了腊八就是年，人们一进入腊月就急切地盼望过年，到了腊月下旬，过年的节奏便愈加紧密。

曾经，我对家乡的过年童谣，感到疑惑：这童谣说是过年，但有几句好像与过年无关，像隐语行话，叫人丈二和尚摸不着头脑。究竟是说些什么呢？我问过大人们，也问过学校老师，他们的解释各有不同，后来我综合了一下，大意如下：

"二十二，炒泡儿。"过年是从吃开始的，果品小吃是过年的标配。过去庄户人家买不起那么多果品，再说农村里也没得丰富的小吃食品可卖，所以更多的是自己做。人们把平时舍不得吃，积攒下来的果品零食拿出来，尽情地享受。米泡（有的叫爆米花）便是为过年备下的第一道小食品。头茬稻米收获后，择出籽粒饱满的稻米，蒸熟晒干，用坛子密封保存好。到腊月将稻米倒出来，拌着沙子在热锅里反复翻炒，直炒到稻米黄灿灿、脆蹦蹦为止。有的将稻米掺些豆子一起炒，那就更香甜了。手上余钱充裕的人家，便去请炸米泡的师傅炸成爆米花。米泡可摆在果盘当点心，也可冲开水当米茶，是平常难得吃到的美味。小时候我们到亲戚家拜年，往往还能得到长辈们打赏的米泡、苕果、花生、蚕豆之类的果品，用袋子拎回来，留着吃到春天二三月都还是脆香的。

"二十三，大碓栓。"石碓石碾是乡下粉碎谷物的土法器械，腊月间家家户户用石碓舂米粉，舂杂粮，备办年食，呼呼呼的舂碓声响到半夜，整个山村洋溢着一派热闹的办年货气氛。人们把珍藏的糯米、高粱（小时叫牛须）、荞麦、豆子等杂粮，从柜子、坛子里拿出来，淘沙洗净，用水泡软，再端到石臼旁，用石碓舂成细粉，拿回家掺水或面糊调和，蒸烤后做糕，或做成各种干果点心，颇具特色。小时候我们家做的牛须果（高粱果），用沙子炒热后，膨胀得特别大，比市场现在卖的大京果好吃多了。

"二十四，嗦鱼刺。"这一句主要有两种解释。一种是指这一天要干塘捞"年鱼"。过去我们山村是穷山恶水一分田，养鱼很不容易。春天人们在仅有的一两口池塘里放些鲢子、鲤口、鳊鱼等易活的鱼苗，平时不是有红白喜事是不能捞鱼的，到了腊月就要"干塘"，也就是把塘里的水放干，把鱼捞上来分给各家过年。当然，腊月干塘还有另外一个目的，就是挖塘泥，这种泥可作肥料。这样，既备了土肥又净了池塘，来年好蓄水养鱼。我们南方在腊月二十四过小年。晚上，家家户户要办一桌丰盛的饭菜，摆上桌后首先供先人，燃香烛、烧纸钱、放爆竹，全家人面桌跪拜先人，然后再自己享用。过小年是不能少了鱼的，桌上要摆全鱼、捶鱼（鱼面）、鱼丸、鱼糕、剁鱼刺等鱼制食品，寓意年年有余，所以叫"嗦鱼刺"。

还有一种解释是担忧着急。乡下把那些着急的人嘴里不断"啧啧"地念叨、像嗦鱼刺一般响的人，叫"嗦鱼刺"。他们着急些什么呢？比如，有人家平时请了篾匠、木匠、裁缝、剃头佬等手艺人来家里做活，春荒时借了人家的高利贷，到腊月人家纷纷来要债，而此时自家办年货又处处要用钱，并不宽裕的家庭，怎么能不着急呢？穷人家着急没钱还债，那些手艺人家也着急，到年底了工钱还没收回来。所以大家都在嘴里"啧啧"地"嗦鱼刺"啊。

"二十五，打豆腐。"豆腐也是平常难得的菜肴，办年货是要打豆腐的，豆腐谐音"兜福"，彩头也好，所以成了大年的主菜之一。插稻秧时节，生产队社员们顺便在田埂上点一排小坑，放入几颗黄豆种子在里面，稻子成熟了，黄豆藤上也缀满豆荚，充分提高了土地利用率。黄豆干炒是好零食，黄豆水煮是好菜肴，香软下饭。但是乡亲们平时舍不得吃，留到腊月，打豆腐过年。腊月中旬，人们把储藏的黄豆倒出来，泡涨，送到磨坊磨成豆浆，再把豆浆兑一点水，舀进纱布架子里滤去豆渣。大人们双手扶着滤纱架上下摇晃的动作，被小孩子崇拜成一种游戏，我们小时候要表达喜庆时，便两两相对，双手握拳上下晃动，叫作"打豆腐"。从纱架上滤出的纯豆汁，倒进大铁锅煮开，再用油脚和石膏水点浆（打卤），待热豆汁凝结成豆腐脑，便趁热舀进滤纱匣子，用重压挤出水分，豆腐就算做成了。打豆腐虽然复杂耗时，但可以产生许多附加食品，如豆腐脑加糖是最鲜甜的小吃，鲜豆腐可做成卤干子和炸干子，豆腐发酵可做成颇具特色的腐乳，豆渣发酵可做成特殊风味的豆渣粑，就连打豆腐时煮生豆汁的"懒锅胚子"（锅巴），揭起来加盐炒炒，也是美味的菜肴。有的人家还把压豆腐挤出的水挑回去，浆洗衣被，又去污又松软，浸泡干菜腊肉，更添风味。可以说，打豆腐是一点也没有浪费的材料。

"二十六，称年肉。"肉食是大年的主菜。乡下人家从春天就开始"看年猪"（养牲猪），从镇子上买回一头小猪仔，用洗碗涮锅水拌米糠喂养，叫到腊月就送到公社食品站屠宰，领回一些猪下水（内脏杂碎），趁鲜煮食，还买些上好的猪肉，割成一条一条，腌制后拿出来晾晒。腊月间，农家屋檐下挂的一串串腊肉便成了一道独特风景。没有杀年猪的人家，就要在腊月二十六前后到食品店买年肉。年肉用来祭祀祖先和办年饭，有年肉寓意过肥年，年年肥。再怎么穷的人家，也要有年肉的。所以这一句童谣还有一种解释就是，过去有的穷人家没钱买年肉，这时候就到铺子里去赊些肉回来，叫老板用秤称好，记上斤两，以便来年偿还。

"二十七，正着急。"一种说法是离年底越来越近，债主也越来越急着早点把账收清，逼债逼得厉害，穷人家该有多着急呀！另一种说法是过年的日子越来越近了，还有好多年货未办齐，正着急呢。

"二十八，无了法。"这句是承接上句"正着急"的，是穷人家面对过年的无奈心境。腊月二十八是"还福"的日子，一大早就要摆出丰盛年饭，感恩上苍和祖先给家里赐福。这顿年饭也叫"发财饭"，千万不能"便薄"，要有鱼、有肉、有"双丸"、有糍粑。酒菜摆好后，先供菩萨，再供先人，最后才是一家人上桌欢聚畅饮。年饭要慢慢地吃，尽情享受，长辈们说着吉利喜庆的话，感谢家人的勤劳、夸奖晚辈们的优点，听得大家心花怒放。然而对有些穷苦人家来说，能备齐这顿"还福"酒菜就已竭尽全力，哪里还有余钱偿还欠债啊，所以面对不断前来收账的债主，只能连叫"无了法"。可在那些前来收账的手艺人看来，今天再讨不回钱，自家的年也难过了，也在连叫"无了法"啊。

当然，小时候也听到另一种版本的童谣，把这一句叫作"二十八，揣糍粑"。揣糍粑是办年的重要项目，人们把保存大半年的上好糯谷，挑出来翻晒，轧成大米，筛去细碎，用水浸涨后，上甑蒸熟，再把熟糯米倒进碓臼里，请来垸里的强壮劳力，一人操一根粗粗的木棒，在石臼里使劲杵捣，待米粒全部糯软成砣后，再一起撬起来，放在小篾箩里，拍成圆圆的大饼，晾干后切成小方块，就是过年特有食品糍粑了。

"二十九，一定有。"一年的日子抵了"岸"（边），欠有手艺钱的人家，如果能筹到钱的话，这天一定偿还。可是那些"无了法"的人家呢？想起来有些心酸。当然还有一种解释是，到了这一天，该办的年货都办齐了，也就是"样样有"的意思。

"三十不见面。"欠有外债的穷人家，在这天再不偿还说不过去，怎么办？家里主人便借故在外面收账或筹钱，迟迟不露面，躲债的人家没脸见人啊。

其实这种不见面，只是在白天，年三十的晚上是一定要回家的。热烈紧张的忙年之后，年三十是大年的最高潮。"千门万户曈曈日，总把新桃换旧符。"天色将暗时分，家家户户贴春联、贴门神、打扫户院，把院子里晒干的树蔸子、劈好的干柴搬进堂屋，把火膛砌好。"三十的火，十五的灯"，预备晚上烤一通宵的火，以兆来年红红火火、兴旺发财。一家的亲人们，有在外做生意的，求学的，出外办事的，这一天都赶回家里。过年过年，团团圆圆，过年的一切活动都是为了这一天的团聚。"一年不赶，赶年三十晚。"年三十的年夜饭是家人最团圆、最丰盛的聚餐，叫"团年"。大人平时吃饭时总催小孩子吃快点，这一顿，大人们说，团年饭要吃慢些，越慢越好，吃了团年饭，长辈还要给小孩子压岁钱，表达对子孙后代的关爱和希望。守岁，是大年夜的主要节目。人们围着熊熊燃烧的火膛，有说有笑，谈谈旧一年的酸甜过往，聊聊新一年打算希望。"一夜连双岁，五更分二年"，这一夜是没有人早早睡觉的，大家坐到午夜子时，便开门燃放烟花爆竹。此时，外面鞭炮轰鸣，到处一片热闹喜庆，人们的脸上无不洋溢着幸福的希望。什么债务，什么艰苦，都丢到旧年里去，新一年多多努力，光景肯定好起来！

"初一大摆手。"农乡风俗，大年第一天要讨吉兆，这一天不能讨债，不能说晦气话。所以不用担心有人上门收账了，大摇大摆地去走家串门拜年吧。以抖擞的精神，崭新的面貌，走进新的一年。

至今我还记得这首儿时的歌谣，我深切地体会到旧社会的穷人家面对过年是何种心情。大人们为了让全家欢欢喜喜过好一个年，为了讨个来年的吉兆，他们是竭尽全力地办年。但若是家里无货，手里没钱，还欠着人家的债未还，怎么办呢？这样的心境，在我小时候听到的另一首童谣中体现得淋漓尽致："年来了，是冤家；儿要帽，女要花；媳妇要勒儿（旧时年轻媳妇头戴的花巾，也叫'抹额'）回娘家；婆婆要糯米揣糍粑，爹爹要肉儿供菩萨。"是啊，一家子男女老少，哪个不想过个体面、热闹的新年？可要有物质基础啊。

故乡的童谣，不仅反映山乡真实的年俗，更体现先民们朴实的性格。听着这童谣，虽有一些心酸和忧伤，但更饱含山乡过年的喜庆和热闹。我们完全感受到乡民们的豪爽、乐观与坚强。我特别感激于那些坚忍不拔的先辈，他们失望却没有绝望，抱怨却不曾抱恨，无奈却不是无助，他们坚信通过自己的努力，一年会比一年更好，他们对未来充满了希望和豪情。先辈的这种宝贵精神，感染着一代又一代后世子孙，使我们逐步走向幸福的今天，也将走向更加美好的未来。

端午节里发粑香

  天气一天比一天燥热起来，每当听到布谷鸟在空中叫唤着"布谷，布谷"的时候，我就想到端午节。

  童年的端午节，总是和农忙联系在一起。那时正是收割麦子的季节，稍晚一点就是插秧播苗的日子。在那个劳作繁重而又物质贫乏的日子，有这样一个端午节的来临，自然令乡亲们不胜欢喜。幼小的我们，一边吃着大人们做的"发粑"（馍馍），一边听大人们讲着此节的来历。

  人们都说端午节是纪念战国时期生活在我们这一带的屈原大夫，可是我想不明白，为什么百姓们要把纪念一个古人设为一个节日呢？当时我问过老师，老师说屈原忧国忧民，不满国家的腐败，在国家灭亡后愤然跳入汨罗江，以身殉国。周围的老百姓感慨不已，纷纷驾着小船打捞，为了不让鱼虾吞食屈原身体，人们用箬叶包裹米饭、肉馅等抛入江中，以乞水族能发慈悲，不要去打扰长眠的诗人。于是民间就发明了粽子，成为端午节的特色食物，既而赛龙舟成了端午节民俗中的主旋律。随着年岁增长，我越来越认为，屈原深得百姓纪念，更重要的是因为他体恤下层劳苦人民疾苦。

　　我的儿时故乡，却没有端午节这些典故中的节目。我们那里是个偏僻的小山区，没有水乡的箬叶可以包粽子，只有采摘山上的皮树叶子做"发粑"代替粽子过节。赛龙舟更不是我们那小山溪中能够举办得了的节目，那时随祖母到巴河岸边的浠水县走亲戚，正巧遇上了一场在我看来是极盛大的赛龙舟活动。聚集在巴河边上的那些龙舟并没有什么装饰，也就是一只只木制的小渡船，有的还破旧得很。船上站着一些拿浆的人，船头的指挥者也不像现在看到的这样坐着击鼓，而是手拿一个木捶一样的东西站立着，比赛时就用木捶有节奏地击打船头，嘴里大声喊叫一些我听不懂的号子，他喊一声，划船的众人马上应声"哦嗬，哦嗬嗬嗬"。粗犷的号声震得人心旌摇荡。那天有五、六只小船在河里比赛，河岸边站满了看热闹的人群，我还没看到比赛结束，就被大人以"要吃午饭"为由半途截断兴趣，强拉我回到亲戚家。至今几十年来那印象还在脑海萦绕，而且总觉得如今电视上表演的那些大型龙舟赛事，都不如儿时看到的那个场面激动人心。

　　我国传统的节日其实都是以"吃"为主旋律的。在那贫瘠时期，像端午节这种处在乡村农家最繁忙的季节里的节日，与其说人们翘首以盼的是过节，不如说是生产队发放的麦子。那时候端午节，生产队里总会有点微薄的供应，发放些麦子磨面粉以供饷，好让平日枯萎的肚子得以滋润，紧张的劳累稍事松弛。

　　一顿端午节的发粑盛宴，是从摘皮树叶开始的。发粑是与皮树叶子连在一起的，就像粽子是与粽叶紧连一起的一样。老家山坡上有的是树林，树林中从不缺少绿莹莹的皮树叶，据说这叶子宽阔厚实，用它蒸发酵的面粉粑特别香。一大清早，人们上山去采摘，偶尔还会惊动歇息在树上的小鸟，吱吱叫唤着飞出树林，成为端午节的第一声喝彩。采摘回来的树叶，要用冷水和热水分两次洗净，再搁上发粑放在锅里蒸煮。诸多美食的程序已经让母亲分身乏术，忙得焦头烂额，哪里还有时间上山摘皮树叶子呢？所以住在垮头的叔伯、婶母，每年此时总是主动承担起供应树叶的职责，我们这些小伢们也总乐意跟在婶母后面，一大早就屁颠屁颠地上山摘叶。

大家挑了队上分的新小麦，到大队部轧成面粉。端午节的头一天，母亲用"老面"（酵菌面）兑进新轧的面粉，用水和好，放在钵子里盖上纱布，等它自然发酵。

端午节的早晨，母亲揭开头天盛着老面的钵子，这时面团已涨得老高，母亲把面团做成一个个圆圆的粑，放在皮树叶上，搁在蒸笼里，放土灶的铁锅上蒸。

灶膛里的火映红了我的脸，铁锅里的水在咕隆咕隆地翻滚，从东方透白到旭日东升，终于看到母亲做了一个停火的手势。揭开蒸笼，白花花、圆鼓鼓的发粑呈现眼前，此时香气四溢，到处弥漫着发粑的味道。这才是真正的端午节味道啊！这样的味道，我长大以后再也不曾领略到。

鄂东山区的夏天热得迟缓，芒种都过了，垮子里家家户户还在窗户上挂一帘竹席或簑衣，阻挡凌晨的寒气还能防蚊蝇。到了端午节这天清早，人们就把艾叶插到竹帘子上和大门的上框，然后就用滤饭的筲箕装上刚出笼的发粑，去敲左邻右舍的门，让大家都分享自家的手艺。端午节这天，我们总会尝到好多人家送来的发粑，吃得肚儿圆鼓鼓，感觉每一家做的都是最好的美味。

艾蒿与龙舟、发粑一样，是我记忆最深刻的端午节三大节目之一。端午时节是进入夏季高峰的入口，山区的夏季气温高，湿度大，于是以蛇、蝎、蜂、蜈蚣、蚊蝇等"五毒"为主体的虫豸纷纷从蛰伏中跳了出来，艾蒿就是对付它们的利器。艾蒿是一种野生的草本植物，端午前后正是它们疯长成熟的季节，全株散发出阵阵独特的馥香。燃烧时产生的烟雾，是"五毒"的克星。山区生长的艾蒿特别茂盛，一株株粗壮高长，叶片翠绿鲜香，扎一把放在窗口门前，就像多柄绿色的宝剑聚集在一起，可以驱邪除怪，护卫居室主人。

记得小时候我还戴过香包，身上用雄黄酒画过"王"字，次数不多，可能就那么一两次。香包又叫香袋，是用各种鲜艳的碎布片缝成桃心形或菱角状的小包包，里面放些干燥的艾叶和能散发出香味的药材，再从外面缠上五彩丝线，缀一根绳索，挂在孩子们的颈脖上，据说有防"五毒"、避疫邪功用。有的家庭主妇心灵手巧，在香包的制作上刻意翻新，除了普通的桃心形之外，还有菱叶形、狮虎等飞禽形不一而足，再加上少量的流苏珠翠饰物，争妍斗奇，媲美工艺品。

雄黄酒写"王"字，是把雄黄粉兑到酒中，大人们可饮服，小孩则蘸着在脑门上画个"王"字，有的还满身涂抹。雄黄是一种含毒的矿物质，涂在身上，以毒攻毒，以驱"五毒"。

"到蓉姑儿家讨个饼子来吃啊！"一塆的大人小伢儿喜气洋洋地涌到隔壁邻居蓉姑家里来了。蓉姑的婆家人挑着一担箩筐"送节"来了。箩筐里装的除了面条、布匹、烟酒、糖茶这些常用礼物外，还有应时节的发粑、芝麻饼、馓子、鸡蛋、蒲扇和布伞等，满满的两大筐啊，人们一见就知道这是送大节的，知道今年塆里的蓉儿姑娘就要过门了。送节礼也是端午节的一部分。

如今端午节已列为法定节假日，端午节的粽子成为全民皆食的美味，隆重的赛龙舟也常见于此节期间，但我总感觉没有童年那种节日味道。可能这是我对故乡的一种眷恋吧！有时，我们怀念的是一家人在一起的温暖和那些慢慢走过的时光。

那年明月照到今

我想我的此生是走不出故乡的月亮了。

又是一年月亮最圆时，中秋节，人们争相买月饼，分月饼，送月饼，当然主要还是尝月饼。市场上，各式月饼粉墨登台，苏月、广月、盒装、散称，花样繁多，目不暇接。可是，说实在的，面对如今这么丰盛的月饼，我却怎么也品不出孩童时代的那份香甜和纯美。扑面而来的这个传统佳节，尽管各个媒体大肆渲染节庆气氛，给大众心理上以喜气洋洋的冲击，也依然激不起儿时那种盼望与快乐的感觉，倒是空中这轮大大的、圆圆的月亮，令我想起那时故乡的中秋节。

八月十五中秋节，是与春节、端午并列的传统三大节日之一。此时正值农历三秋的一半，故曰"中秋"。因为此时秋高气爽，云淡辽阔，夜晚的月亮更加圆润而明亮，故民间又称为团圆节。"时逢三五便团圆，满把晴光护玉栏。天上一轮才捧出，人间万姓仰头看。"《红楼梦》中的这首诗，活灵活现地反映了中秋节时月圆人欢的情景。

中秋时节正处在夏收登场、秋粮播种之时，在乡下刚刚结束"双抢"鏖战的时候，天气也由酷热渐渐转凉，正是应当好好庆贺和享受一番的。

虽然那个时代的乡村十分贫瘠，物资匮乏，但乡亲们的生活热情如生产热情一样高涨。我的记忆中，大人们为了"应节"，首先是想尽办法让小伢们尝到月饼。乡村离镇子远，没有卖月饼的店铺，大队部的代销店里只有一种叫月亮糕的饼，还是在这节日期间特供的，几分钱一个，很少有人家去买，人们手上的现金太紧张了。但我爸爸无论如何都要在这一天给我和弟弟妹妹们各买一个月亮糕，这种糕是用白色米粉压实而成，圆圆的，硬硬的，边缘有棱，像块木板铸出的车轮子。当然没有馅，也没有包装，只在一面上画着嫦娥奔月之类的简单线条画，但红红绿绿的很好看，饼的边缘压着一根小绳，就像铜锣上的提绊，可以把月饼挂在脖子上。这种月饼，拿在手中有沉甸甸的感觉，缺少柔软的手感，吃起来也不酥软。但就是这质量粗糙的月饼，在那时却是奢侈的食品，不到中秋是品尝不到的。我们往往把月亮糕挂在胸前，从塆子这头跑到那头，或与小伙伴们媲美，很久都舍不得吃一口，馋极了，就在饼的边棱啃一点点在嘴里，慢慢品咂，有一种特殊的香脆口感，甜滋滋的，节日的幸福和快乐瞬间渗透全身。至今，每当回味起来，那种甜蜜仍然氤氲婉转于舌尖。童年的中秋节像个快乐的天使，为我们敲开永远值得记忆的幸福大门。

博爱无私的大人们，用月饼先把小伢们打发了，再来思量自己的节日饮食。平常生产劳作极忙，日子是清苦的，好不容易走到了这个传统的节日，队上能够给一天假期，无论如何也要做上一顿像模像样的东西，享受一顿丰富的美味。应节的月饼自然是不可没有的，店铺里的月亮糕当然买不起那么多，那就自己做"月饼"罢。故乡的亲人们极聪明，他们把米粉或面粉，加些芝麻、花生、绿豆，用糖水揉和，进行发酵，做成甜饼，我记得那时很多人家连砂糖都没有，只是用两小粒糖精，化水和粑，烹饪出"团团圆圆""时来运转"之类的中秋节特色"佳肴"。

现在回想起来，这些纯天然手工做的食品，虽然没有如今各种包装花哨的月饼精美和好吃，但味道淳朴，极有特色，令人难以忘怀。更重要的是蕴含着乡亲们对美好生活的向往与把握。

就是这样自制的特色"月饼"，在中秋节里还不能作主餐的，因为数量并不多，要留着等到月亮升起后，作赏月之用。那时，往往看到母亲做的月饼，摆放在碗里，留等夜间时，我们这些小伢馋得连晚饭都不想吃了。

中秋节的高潮自然是夜晚，过节的主戏是一家人团聚在明亮的月光下吃饼赏月，这个时候在外工作或办事的家人，都要尽量赶回来，与家人团圆赏月。掌灯时分，晚餐吃过了，澡也洗过了，换上干干净净的衣服，惬意融融地到屋外的场地上乘凉。大人们早就把场坪打扫出来，并洒了清水以降尘降温，家家户户都把竹床、竹椅、小方桌之类搬出来，一字摆开，准备着一家人坐卧赏月。小伢们是节日的主演，邀集一起走东串西，到这家椅凳上坐一下，到那家竹床上打个滚儿，嘴里唱着过节的童谣，闹起赏月的前奏，就等空中那一轮明月的升起。

引颈长盼间，月亮缓缓地从山头上露出了脸儿。她似乎知道今晚人间都在观赏她，所以在后台精心装扮了一番，此刻明媚亮丽地出场了，圆圆的脸蛋上带着淡淡的羞赧，随着她的倩影一点一点向上登高，脸色由原来红润变成淡黄，最后变成晶亮银白。一会儿，她站在村塘堤埂的泡桐树枝上，饱含深情地将清辉洒在场坪上，以最圆最亮最温柔的光芒，给今夜团圆的人家带来祝福。

看着圆圆的月亮，我们这些平时好动好闹的小伢，也好像得到特别的抚慰，突然间不闹不跳了，只是静静地仰着头望着天空，夜空特别辽阔，星星很少，淡淡地有一些云彩，变幻着各种不同的动物，向大大的月亮缓缓走过来。我们不时地捧起挂在胸前的月亮糕，对着月亮比画一下，这叫"望（映）月"，意思是跟月亮媲美，这是大人教给我们的中秋游戏，但大人们又警告说，不要用手指头点着月亮，不然月亮姐姐要割耳朵。听到这话，又不觉心生对月亮的敬畏。

我们一直在焦急等待，等着全家人在一起吃月饼的时刻，可家长们总在说："再等等，再等等，要到月亮最大时才好吃饼赏月！"其实就是看见刚吃饱晚饭，要等稍稍饿一点才吃，这有点加餐的意思。终于等到夜深了，月亮走到天空的正中间，大地明亮如昼。这时，父母才到屋里端出装着"月饼"的瓷碗，放在竹床上，另外还摆出一些花生、炒黄豆和刚从地里摘回的黄瓜。自制的月饼在碗里堆积得像小山包，月饼表面油光光的，在月光下闪着诱人的光亮，我们顿时喜笑颜开，味蕾生津，忙不迭地将手伸向碗里，拿起月饼大口大口地咀嚼起来。月饼好甜，我恨不能将抓月饼的手指头都多舔几下，而大人们似乎对月饼不是很热衷，只是随手掰一小块，在嘴里慢慢品咂。以后我们才知道，那时是大人们看见碗里的月饼不多，自己舍不得吃，而省着给我们这些贪吃的小伢们。家长们那种满足地看着我们吃月饼的神情，让我至今难忘。

沐浴在如水的月光中，品味节日的甜蜜，一家人坐在一起，边吃月饼，边聊天，将快乐的心情释放。祖母还会不失时机地把中秋节的传说讲给我们听，那些嫦娥奔月、吴刚折桂的美丽故事，将赏月的气氛进一步营造得温情惬意。

我犹记得大人们讲中秋夜里要吃月饼的原因，有好几个版本的故事，记得最清楚的有两个。一个来源于民间慰问岳家军的故事。相传南宋时，岳飞率岳家军抵抗金兵，屡打胜仗，收复了被金人占领的广大地区。有一年八月十五，岳家军凯旋经过这里，老百姓夹道欢迎，为了慰问他们，老百姓用小麦粉拌红糖烙成大大的圆饼，中间镶以红枣，名曰同心饼。是夜月华如水，军民同食同心饼，欢歌笑语，当地有歌谣道："吃了同心饼，大家一条心，不投岳家军，今生不为人。"后来，吃同心饼就演变成了八月十五吃月饼。还有一个故事是讲中秋节互赠月饼来源的。说是元朝时，统治者为防止有人起兵造反，便收缴了老百姓的铁器，连菜刀也是十几家共用一把，且只准白天使用，夜晚收回。老百姓不堪忍受这种残酷统治，纷纷揭竿而起。朱元璋组织各路反抗力量准备起义，但朝廷官兵把控严密，起义军无法传递消息。这时军师刘伯温便想出一条计策，命人做一种包酥式面饼，把写有八月十五夜起兵的纸条作馅子包入饼子里面，做成后其形如鼓，故称为"麻鼓"，再派人把"麻鼓"分头传送到各地起义军中。到了八月十五夜里，以月亮升起为号，各路起义军一齐响应，很快就攻下元大都。后来，朱元璋特地下谕，每年中秋节，让全体将士与民同乐，并将"麻鼓"作为节令糕点赏赐群臣，称作"月饼"，并将月饼作为馈赠的佳品。中秋节吃月饼的习俗从此在民间流传开来。至今，鄂东黄梅、武穴一些区人们还有叫月饼为"麻鼓"的。

故乡的中秋，除了互赠月饼，还有"中秋送喜"的风俗。我只见过一次，垸里有位婶母，中秋节那天在自家菜地摘些黄瓜、南瓜，叫人挑着送给邻村的亲戚。后来听说，中秋节又称为女儿节，哪家媳妇过门后迟迟未怀孕，她家的亲友就在中秋节特地送些新鲜的瓜果去，以祈"有喜"之兆。如果这家媳妇果真有喜，还要请客还礼。清代诗人叶调元在《竹枝词》中写道："中秋云是闺人节，瓜果中庭礼月华。一路送瓜图热闹，不知喜信应谁家。"可见此习俗由来已久。

中秋"送节"是故乡普遍的习俗。哪家小伙子谈了对象，就要在中秋节前后给女方送礼，谓之"送节"或"送情"，一般是送衣服、饼子之类，如果送得很丰盛，用大箩筐挑上一大担，甚至还雇人帮着挑礼物，那就预示着这一家人今年想把媳妇接过门来。那么，这个中秋节的送情就叫"说话"，意思是向女方说话，要定娶亲的日子。

春去秋来，光阴流转。不经意间，故乡那轮中秋的月亮，带着我从儿时走向中年，从故乡走向远方。那些渐行渐远的往事，大多忘却，然而，儿时中秋夜的情景，却是清晰地定格在记忆深处。每每想起，都倍感亲切、倍感温馨。那圆圆的月饼，我每年的中秋节都会吃到，但再也没有孩童时的激动和期盼了。特别在远离家乡的这座城市工作后，每年的中秋节，看到天上的圆月，就体会到一种"每逢佳节倍思亲"的思念之苦。那时中秋还没有法定的假日，我的小家庭里自然也会在中秋晚上，摆上自购的月饼和水果，在明月的朗照下品尝，但月饼已不是心目中的奢侈品了。此时已经不在乎品尝什么月饼，中秋节购月饼只是为了应景。吃着吃着，就想起儿时那月亮糕和家长们自制的月饼来，想起故乡的中秋，更想起了仍在家乡的亲人。虽然我知道我的父母现在不会像过去那样，把月饼省给孩子们吃，但我能想象出他们此时孤独赏月的情景和思念远方儿孙的心情。这时节，我只有把心思寄托于天上明月。我知道，这一轮明月在照耀我的同时，也照耀着远方的父母、乡亲，这明月看见我今天吃着精美的月饼，也看见过我们当年自制的粗粮月饼，见证过我胸前挂着月亮糕在故乡的大地奔跑的幸福日子。我凝神望月，遥寄情思，心中充满对故乡对亲人的默默祝福。

"软萩"芳香醉心田

　　春分一过，清明临近，我就嗅到了家乡软萩粑的味道。因为每年的这个时候，我和家人都要到老家的祖坟山去扫墓祭祖，而故乡的乡亲们也总会送给我们一些软萩粑，这可是比金子还珍贵的礼物啊。

　　软萩，在我们老家都念做"软雀儿"，用软萩做成的食品，叫作软雀粑儿，音调婉转、轻柔，像是在哼一句山歌，特别地悦耳、动听。软萩，据说是写在县志上的名称。它还有许多名字，如清明菜、菠菠草、佛耳草、软雀草等，其实它的学名叫鼠曲草，因叶形如鼠耳，柔软而长，有白色茸毛，故有此名。此植物喜生长在山区的原野和草埂上，一年一生，生在初春时节，成株不足半尺长，撕开有丝，汁液饱满，散发一种特殊的清香。据查，诞生于鄂东的医药巨匠李时珍，早在四百多年前就把这种草写入《本草纲目》，称有镇咳、祛痰、治气喘之功效，亦是创伤、溃疡之寻常用药，内服还有降血压疗效。若把这种草汁掺进食品，有发酵提味作用，类似于酒曲性能。酒曲是硬的，这草是软的，我想，家乡人把它叫软曲（音雀），或雀儿草，可能也是这个意思。

　　惊蛰一声雷响，乡间的草地上便悄悄地长满柔嫩的小草，一些不知名的野花昂然于草丛中，我的家乡大别山区一夜间便铺上了一层花绿的织锦。这样的日子，走在原野，都会被混杂着万千草木的香气给吹醉，更何况还有哺育着我少年时代的软萩在疯长。

软萩长在旧年的稻田里，掺杂在田埂地边那片刚冒绿的嫩草中。它的生命力那么顽强，只要粘到地面的一点点沙土上，不用浇水、施肥，就能静静地生长，像家乡那些忠厚朴实的农民，扎根本土，勤奋开拓，既不奢望外面世界的灯红酒绿，也不自贱于乡间小路的曲曲折折。软萩，有人呵护着它，它努力生长着，没有谁去理它，它仍然向往阳光，炫出自己的光彩。它们一律青翠欲滴，扁圆的小叶片上，覆盖着一层雪白的绒毛，映衬得原本柔绿的草株，更多出些不染纤尘的美。春天的大地，泥土湿润润的，透着原野的芬芳，软萩的叶片间滚动着晶莹的露珠，欲滴未滴，将干不干，显得格外娇俏惹人，这个时候，你只要一见到它，就想捧在掌上，含进嘴里，品咂它的香甜。

小时候，悠长的梅雨季节尚未到来，家乡的油菜花开得鲜艳，正是空气清新、莺飞草长的日子，大地一片繁茂，可人们的物质生活却十分贫瘠，总为温饱发愁，因此，做软萩粑便是改善生活的最好方式。

记忆里，春天一到，母亲总是带着我们，到田埂、坡地里去摘软萩。我们弯腰走在泥地里，像探地雷似的寻找草丛中的软萩，母亲一再嘱咐我们，不要把"蛇软萩"（一种类似于软萩的有毒植物）摘到了。谁要是发现了一棵软萩，会惊叫起来，我们闻声赶去，蹲在地上，一点一点地采摘那柔嫩的叶片。我有时将整株连根拔起，母亲便说，留点根让它明年再长，不要一次吃绝了。是啊，那时挨饿的人多，地里的软萩也越来越少，如果不留有余地，人们会自断其美食的后路。

软萩摘回来后，堆在米筛里，筛去沙土，重新挑摘一遍，拣出采摘时不小心带进的杂草和渣土，再用菜篮提到门口的池塘里搓洗干净。然后拿到有石臼的人家，用石碓舂碎。舂碓这活儿，现在的年轻人当然没见过，那是昔日农家捣碎食物的土法工具。舂碓的时候，往往是我和弟弟踏在碓板上，撬动沉重的石碓，而母亲则蹲在石臼旁用手翻动软萩，让软萩捣烂如泥，变成软萩瓢子，然后再舂些糯米粉和籼米粉。待这几样东西全舂好时，我们都累得汗流浃背，可内心还是很欢快的，高兴地端回家里做软萩粑。

做软萩粑是山里人的一种发明，又是技术活、细致活，一般人做不了。粉要用糯米粉兑上一些籼米粉，兑多或兑少都不行，那样不是太黏了就是太渣了，口感都不好。母亲把配好的两种粉倒进木盆，拌进软萩瓢子，一点点地掺进开水，一定要用开水，而且要一点一点地掌控好，一旦水掺多了就前功尽弃。这时需要不停地用力搅和按揉，和匀的软萩面团呈浅绿色，质地柔软，表面像抹了油一般润亮。然后就是做馅子了，软萩粑要包馅子，馅子有多种，可咸可甜，可荤可素。我们家乡的馅子一般是甜馅，用芝麻炒熟捣碎，加进砂糖、桂花，掺点水或猪油捏成丸子，包进软萩粑中。

一个个圆溜溜的软萩粑，在筛子里滚着，甚是可爱。之后就要开始烧灶烙粑。烙也叫煎，家乡的软萩粑以煎为多。也有蒸的，但蒸出的粑没有煎的或炸的好吃。油炸要用很多油，那时油很贵，所以极少用油炸粑吃。煎软萩粑既要煎得不粘锅，又要极尽可能地节省油，这可是考量手艺的时候。母亲煎粑时，就只在锅里抹一点点清油（菜籽油或棉籽油），再把灶膛里的火压到最小而又不让其熄灭，她不停地用锅铲将热锅里的粑翻过来调过去。不一会儿，粑的两面都变成焦黄色，烙起了一层不厚不薄，稍有点硬壳感的皮儿。软萩粑还没出锅，满屋香味四溢，馋得我们直吞口水。

"软雀儿粑，渣巴渣（意即口感好），婆婆吃了纺棉纱，爹爹吃了笑哈哈……"儿时常常唱着这首童谣。软萩粑是鄂东大别山区的特产，更是初春季节才独有的食品。做好的软萩粑不仅可以自己食用，改善伙食，还是馈赠亲友的好礼物。有外地亲戚来家，烙上几个软萩粑，他一定吃得赞不绝口，连声说从未尝到这般美味；到城里去看亲戚，带上一包软萩粑，人家一定欢喜地说，这是花钱都买不到的珍稀美味呀！更不用说远在他乡的亲人们，吃上一口，乡愁涌上心头，沉醉几天几夜。

大别山人从不特意去踏春，因为日日耕作在春意之中。他们用宽厚的心情揽春，用灵巧的双手弄春，春的精华浸润着他们的每时每刻，融入了一日三餐，吃软萩粑就是故乡春社之日的一大盛宴。对于我这个走出故乡多年的大山游子，软萩粑，更是一种奢望，一种永远的念想。在那个物质贫乏的年代，我那些身居乡野僻壤的亲人们，用他们的智慧就地取材，创制一份永恒的美食。虽说我现在品尝过太多的饼类粑族，但童年时跟着大人做软萩粑的情景，历历在目，家乡软萩粑的味道，时时在嗅，从没消失过！

最馋家乡烫豆膏

　　儿子谈了个女朋友，快过年的时候，他问送点什么去见准岳丈呢？我一下子想到了豆膏。儿子的岳丈是麻城人，但入籍武汉多年，这大腊月的，我们黄冈人到城市里去看老乡，送豆膏再合适不过了，体现的是对至亲的特别问候。

　　豆膏现在有学名了，叫豆丝。在我如今工作的鄂城，有一个叫胡桥的农乡，制作豆丝很出名，据说胡桥豆丝得过国家大奖。但这地方把豆丝叫作饼馇。把豆膏叫作豆丝还好理解，因为是豆膏饼切成的丝状食物嘛，可是叫作饼馇是怎么一回事呢？我曾问过一些人，答案多种，其中一个老教师的解释较入我心。他说，把豆膏摊的饼，折起来，就叫饼折，话说快了就听成饼扎或饼馇了。

　　一说起豆膏，我就想起过大年。在我们小时候，"烫豆膏"（或是摊豆膏吧）跟打豆腐、揣糍粑、做鱼丸一样，是过大年的一项重要程序。每到腊月，家家户户屋内，传出嗞嗞的烫豆膏声音，屋外，晒满白花花的豆膏，满垮便弥漫着香喷喷的豆膏味。这才是真正的过年的味道啊！

　　家乡的豆膏是一种传统地道的农家食品。它主要选用不带糯性的早稻米，添加少许黄豆，经过淘洗、泡软后，用石磨磨成浆，在灶锅里摊成饼，再卷筒、切丝、晾干，经过一系列复杂的过程，才制作出白而略带焦黄的豆膏。

记忆中的烫豆膏程序，是从扭柴草把子开始。大晴大晒的日子，母亲或是祖母便扎上围裙，端上一个小凳子，叫上我拿着一只用竹子弯成的小弓，来到门前的晒场上，母亲坐在一堆柴火旁，双手把住柴草，我则站在她面前，用小弓去绞扭柴草，扭成长条，母亲就挽扎成一个一个的草把子。那时候农村都用土灶烧火做饭，柴火极其昂贵，烧的都是闲暇时间到山上挖的一些野草或捡的一些干柴。这些柴火细碎得很，只能与一些干稻草掺和，绞成草把子，才能在灶膛有效燃烧。而烫豆膏烧的草把子又有一定的讲究，它需要扭得紧实一些，但又不能夹有硬梗之类很发火的柴火，因为烫豆膏的火候不能太大，也不能熄灭，只能文火缓烤，否则烫出的豆膏就会焦煳。

每到腊月，塆子里家家户户开始陆续在村前空旷的场地里或是村后的山石上晾晒豆膏了，母亲也就开始忙碌起来。她把家中平常不怎么用的大铁锅磨光滑，再挑上满满一担新稻谷到大队的轧米机房去轧米。米轧回来后，用升子量上三五斗淘净洗好，又从坛子里倒出一些黄豆、绿豆，分别放在水桶或木盆里浸泡，等米豆都浸泡发胀好了，就用木桶挑到生产队的磨坊，先是认真清洗磨，然后由父亲（如果在外工作的父亲请假回来的话）或我的叔叔来推磨，母亲端坐在磨盘前"添磨"。推磨辛苦，可以有我和弟弟们在旁边轮流帮着推，但"添磨"就是一件灵巧活，我们都帮不上忙的，要将泡涨的米豆拌些水，一勺一勺地往石磨眼里添注。添的多了少了都不行，还要掌握好节奏，不然会被旋转的磨柄撞翻。磨完一盆米浆往往要用上大半天的时间，母亲和我们都累得腰都伸不直了。我们把磨过的米浆挑回家里，往浆里掺和一点灰面（小麦面），搅拌均匀，就动手烫豆膏了。

母亲是烫豆膏的好手。庄户人家的厨房里一般都是搭的两孔土灶，平常只用一孔灶煮饭做菜，烫豆膏时需要把两孔灶都烧上，两口铁锅同时使用。用事先扭好的草把子把锅烧热了，母亲便拿起刷子蘸上清油，快速地往两口热锅里一刷，再拿起专门用来烫豆膏的大蚌壳，舀上一点米浆放到锅里，紧接着用蚌壳当锅铲，迅速把米浆从锅底向锅沿周围一转抹开，圆圆薄薄的一张饼瞬间成型了，然后盖上锅盖，再往另一口锅里舀浆，重复着刚才的动作。待另一口锅里的米饼成型，便回头把第一口锅上的锅盖，揭过来盖上这另一口锅，这时候第一口锅里的米饼已被烤得翘了边，母亲便用两手捏住米饼边沿，轻轻一揭就出锅了。

烫豆膏是需要众人分工合作的。往往是祖母专门坐在灶膛口烧火，母亲站在灶台前烫豆膏，父亲或叔叔在一旁端着米筛，负责把母亲揭下来的米饼用筛子托着，送到堂屋的竹席上晾干。我们这些小孩子则围着锅台跑上跑下，偶尔帮着拿拿柴草什么的。父亲时不时把刚出锅的豆膏饼，趁热撒些红糖，卷成筒，递给我们吃，那香甜的滋味啊，是世上任何一种佳肴都无法比拟的。

待所有米浆都烫完，堂屋里的竹席、桌子上全摊满了米饼，全家人便一齐动手，把凉下来的米饼卷成筒，切成丝，这个过程往往当天做不完，要留待第二天继续。至此，豆膏的制作过程也就基本完成了。

烫豆膏是办年中最热烈、最难忘的事务。当第一张香喷喷、热腾腾的米饼出锅时，虽然我们都垂涎欲滴，但谁也不敢先尝，这时往往是祖母从灶门口走过来，恭恭敬敬地把第一张米饼放在灶屋的小桌上敬菩萨，祈望灶菩萨保佑一家人有吃有余、吉祥平安！

烫完豆膏往往到了半夜，母亲收拾完灶台上的工具后，便把那些烫破了的豆饼切成小块，用香葱、蒜苗拌着炒一炒，或用开水煮沸，给我们做晚餐。我们一边大口大口地吃着，一边继续做着卷米饼、切豆丝的事。那种特有的豆膏香味弥漫着整个屋子，让人心醉神迷。

山村农家的乡情最浓淳，乡邻们都懂得分享喜悦。烫豆膏的时候，虽说家家都有的，但母亲总会要我们折叠一些最圆满的米饼，送给左邻右舍的乡亲们品尝；乡邻们烫豆膏时也会送一些给我们。这种淳朴的民风至今还影响着我和家人，自己只要有点新鲜食品，总不忘送点给邻居或朋友们品尝。

家乡的豆膏焦而不黄，脆而不碎，可当主食，可作菜肴，煎炒蒸煮烧均可。煮在水里不会黏糊成稀，炒在锅里不会粘连成巴，带着一点点烟火味，如在煮豆膏里放点腊肉和青菜，再切几小块糍粑放进去，那就是全天下独有的美味佳肴。

随着离开故乡的时间久远和年龄的增长，我在异乡的城里也过上了富足的生活，什么样的食物也尝过，然而故乡的豆膏就像一张泛黄的老照片，带着浓厚的乡土气息，让我情有独钟、念念不忘。以往，每到年关，我总要母亲为我烫些豆膏带过来。自从父亲去世后，母亲一个人在家也没有帮手去烫豆膏了，老人家有时还托邻里帮我们烫一些，这时我就对母亲说，现在什么年代了，谁还想吃那东西呀，再说市场上都有的卖。其实我这是骗母亲的，我怕她累着，不想让她操这份心。至今，每到腊月间，我都会想起豆膏，想念小时候一家人烫豆膏的情景，有时想得热泪盈眶。

所以，儿子说到要给岳丈送礼物，我一下子就想到了豆膏。家乡的烫豆膏啊，我心中永远的挚爱。

世界上最香的面条

　　儿子刚到武汉上大学时，我问他对武汉印象最深的是什么，不料他的回答是"热干面"。

　　武汉热干面，对于我并不陌生。很小的时候，我在僻壤的故乡读书，就听到这样一个传闻：一个后生哥儿在武汉做了几天小工回来，对父母亲说："今天我做热干面给你们吃！"父亲高兴极了，心想，这小伢崽子在大城市待了几天，还学到这般手艺，想必热干面极好吃。那后生把家里的挂面煮熟后，放在冷水里漂凉，再拌些生葱辣蒜冷酱油，端给父亲吃。父亲刚尝一口，连忙吐出，拿起扫帚便抽儿子。是啊，没掌握好做热干面的精要，把一锅好端端的面条，做得又腥又辣，夹生冰冷，如何下口？那时粮食无比金贵，糟蹋一锅面条，多心疼啊。

　　当时听了这个传闻，我觉得好笑又好奇：这大城市人爱吃的热干面究竟是个什么滋味呢？直到参加工作几年以后，我才尝到热干面的味道。我刚从乡下调到县城，单位附近有个小早餐点，是一对老年夫妇开的，有卖热干面，我买来吃，感觉并没有自己想象中的那么美妙，只是对这种早点的做法觉得新鲜，一簸箕熟面条，抓一把放滚水里烫下，倒进碗里，案板上摆着一大排佐料盒，从每盒里面挑一点，拌进碗里，就能够吃了。

后来听说是热干面有诀窍，一般人做不好，正宗的武汉热干面才好吃。我也没有专门留心到武汉去找正宗的热干面吃，对这种食物慢慢淡忘了。那天听儿子说到武汉热干面，不觉勾起童年那个故事的回忆，愈觉对这食物有兴趣，便随儿子去一处买了吃，还真的名不虚传！以后也去吃过几次，并还好好探究一番。

武汉热干面与北京炸酱面、山西的刀削面、兰州拉面、四川担担面并称中国"五大名面"。热干面是武汉人"过早"的主打食物。

武汉的"过早"文化发达，他们把吃早餐叫过早，一个"过"字充分说明了对其的重视，因为平时这个字一般在"过节日""过生日"等重要的语境才使用。武汉人把"到外面过早"延续成为一种习俗，这种习俗与广东人吃早茶的习惯有一拼。香港美食家蔡澜称武汉为"早餐之都"，中央电视台的节目《舌尖上的中国》对武汉的"早点"多次提及。有资料统计，武汉可能是全国最早醒来的城市，这里每天早上有着高达95%的居民在外过早，包括在武汉的外地人都已习惯到外面吃早餐。武汉三镇内每天有三万多个早餐网点，为全武汉千万人的早餐有条不紊地忙碌着，全年无休，晴雨如常。

热干面无疑是武汉人"过早"中特别喜爱的大众化食品，它便宜实惠，花上块把钱，就可以吃到一大碗正宗热干面，而且特别"禁饿"，到了中午肚子还有饱胀感。武汉人把早餐叫作早点，热干面销量要占所有早点份额的一半。所以在武汉，以热干面出名的店有很多，著名的有蔡林记热干面、老田记面馆、天天红油赵师傅热干面、石太婆热干面、庞记、李记等，口味上基本是传统的麻酱面型，只不过因为芝麻酱配制方法以及添加调料的不同，而各领风骚。比如，老田记面馆，被《舌尖上的中国2》收录，这间位于武汉吉庆街的一家装修简陋的早餐小店，其热干面的麻酱芳香适度，面条筋道，配料极为大众化，是代表大武汉中等水准的热干面，透着朴实、中庸和热情。而石太婆热干面的味道却让人觉得惊艳，它麻酱味道浓厚，拌的辣子酱也辣得爽口，面条偏软嫩，滋溜入口很解馋。庞记热干面用的是自制黄芝麻酱，味道醇厚，特别是他们的佐料台上，有很多咸豆角、萝卜丁、大头菜、香菜、葱蒜之类，早点客按自己的口味配拌而食，特别过瘾。

谈到武汉热干面，必须要讲蔡林记。现在湖北各地市都开有蔡林记分店，主营的就是热干面，也因主营热干面而生意红火。蔡林记总店在武汉户部巷。户部巷是武汉著名小吃一条街，而蔡林记热干面是户部巷早餐的巅峰，也是武汉餐饮业的一面大旗，蔡林记的热干面用的是纯黑的芝麻酱，做法和其他热干面稍有不同。据说这种早点最早叫热干面是在20世纪30年代初，汉口长堤街有个叫李包的小食摊贩，在关帝庙一带卖凉粉和汤面。汉口是有名的火炉城市，夏季常有未卖完的食品发馊变质，只能忍痛倒掉。这一天，李包又剩下不少面条没卖完，他怕面条闷坏变馊，就将剩面在开水里煮一下，用冷水浇凉沥干，摊开晾在案板上，一不小心，碰翻了案上的麻油壶，麻油泼在案板上。无奈之下，他只好用面条拌匀麻油，仍旧晾放。翌日早晨，他将拌了油的面条放在沸水里稍烫一下，捞起沥干，放在碗里后，拌上卖凉粉用的调料，竟弄得热气腾腾，香气四溢，人们争相购买，客人吃得津津有味。人们问他卖的是什么面，他笑着说是"热干面"。

从此这种面就成为武汉一种独有的早点，经过一代又一代的传承、改良，到蔡林记手上发扬光大。

热干面的做法看似非常简单，将熟晾的面条在滚烫的开水锅里摆一下，沥干装碗，拌上芝麻酱及配菜及可。但每一道工序，尤其是手艺的拿捏，非常讲究。就说面条，就和普通面条不一样，轧面时要加点碱水，增强面条劲道；煮烫面条的时间一定要把握好，时间长了或短了一点也不行，要让入口的面条有嚼劲，吃起来不生硬也不糯软，有一种特别的口感。配备调料和拌菜是武汉热干面的灵魂。十多种佐料才能调出一碗正宗的热干面，每一种调料都有讲究：芝麻酱、香油须用石磨冷磨而成的，这样的香味物质完整保留，香程绵长，香味浓郁；咸豆角、萝卜丁等配菜，是选取江汉平原生长的新鲜萝卜、蔬菜，用盐、糖、老抽、辣椒、大蒜、五香粉等腌制的，有种脆脆甜甜的酱香味。

正宗的热干面馆里，是要摆上香菜、葱蒜、酱醋、辣油、味精、胡椒粉、白糖等佐料的，任顾客自由挑选，按各人口味自己拌着吃。

武汉的早点食客太有口福了，他们选好了自己喜爱的佐料，往面碗里拌一拌，顿时，香气绕颊，未食而香味浓浓，食之则回味无穷。

好味莫若瓦罐汤

鄂州是一座有着厚重文化的城市，古称武昌，历史上两次为国都，物华天宝，特产荟萃，饮食文化更是独树一帜，那蜚声中外的武昌鱼、香飘宇内的樊口酒且不说，有一种味道醇绵的土陶瓦罐汤，就为古城文化陡添了一道亮丽的风景。

据说三国时，吴王孙权在鄂州立都称帝后，私访民间，闻得一家店的瓦罐汤其香无比，进去品尝后，不禁叫绝，后听说这是李氏人家祖传秘制，还曾令大臣专访市郊李家，想得李氏饮食真传。这段轶闻，倒也印证了鄂州瓦罐汤历史深厚绵长的传闻。如今的鄂州已成为全国优秀旅游城市，到这里观光的游客，都想品尝一下瓦罐汤。

阳光融融的一个冬日，我们一家人从黄州渡江到鄂州小游。午间的时候，在市内公交车上，售票小姐热情地向我夫人推荐道："你们一家子，中午找家瓦罐汤店就餐最有意思了。"我笑着问她："为什么只介绍小汤店，而不推荐鄂州的大酒店呢？"售票小姐会心一笑说："你们一家人来旅游，自然不是讲究品尝豪餐大宴的，我们这里地方小吃很有特色，特别是瓦罐汤蛮受欢迎。最正宗的是李家，李氏老牌瓦罐汤，汤汁浓醇，但又不腻，兼有药膳功能，最适合游人享用。一般如果不是招待贵重客人要讲排场，就去喝汤，可实在啦！"

起初，我以为售票小姐在做广告，或是这汤店的熟人在拉客，后又听车内几位老者的议论，才得知这李家瓦罐汤的优势所在。他们家选料精细、地道。就说做鸡汤，这鸡都是由李家七十岁的老太太一手挑选，要真正的农家土鸡，是公是母，下蛋多不多的鸡，老太太一摸就知道。选好鸡请专门的大师傅宰杀，血要出净，毛要拔光，宰后用自家秘制的腌料渍浸一段时间，再剁块用清汤炖煮，大火煮沸，温火慢炖，形成"鸡油蒙盖"，直至熟透，最后还要用火灰温几小时，再端出来。老人们正在议论着，突然有一后生乘客，指着车窗外说道："快看，那就是李氏老牌的主店，挂有李家传人竹功老先生的像！"我再也受不住诱惑了，忙叫司机"带一脚"，便携一家人下车，去品尝那瓦罐汤。

这家主店坐落在古城南路与杨塆路的交汇处，面积并不大，装修简朴，道地的农家炊店风格。进得店内，一阵浓醇的汤香入鼻，令人食欲大增，看看贴在墙上的汤谱，有二十几个品种，分清炖和药膳两种熬制方法，不掺杂碎，不造花哨，地地道道，价格虽说比有的地方高点，但那纯正的味道、实在的分量，细想起来还是很划算的。我点了土鸡汤下手工面条，不到几分钟，店家就端出大海碗装的汤面，还附上小碟装腌萝卜丁、酸豇豆、泡辣椒等，品尝一口，汤味不腻不腥，肉质不硬不烂，真可谓熬深一分就烂了，熬浅一分就生了，正到功夫，闻之浓香扑鼻，食之醇味可口。家人边吃边赞叹：好汤好汤！不禁想起荆楚饮食歌谣说：黄州的豆腐巴河的藕，武昌（今鄂州）的鳊鱼樊口的酒。只可惜，把这李氏瓦罐汤给疏漏了。

童年的塆子

　　我的故乡，是鄂东大别山区一道山沟里的小村塆。在我小时候，塆子里有两幢一进三重、室内有天井的故居，故居中间还耸立着一座由青石条砌成的阁楼。据说故居很久以前是一位索姓财主的庄园，故称索家楼，又因这索家庄园内建有八座阁楼，所以故居又叫索八楼。但是，至少在祖父那一时期，索家楼塆里就没有姓索的，只有邱、易两姓，从我记事时起，塆里也就四十来户人家，主要分居在两幢故居内。这时期的故居改称同建大队第七生产小队。我们的塆子地处偏僻，被大大小小的山丘覆盖着，离得最近的一个镇子叫上巴河镇，到索家楼也有三四十里的山路。

　　我的故乡风景优美，有着古朴的世外桃源式的风光，故居前后是南北方向，两面环山，一年四季有绿树和山花，左右的东西方向，是狭长的田畈，田园中点缀着碧波荡漾的池塘和围堰，前坡和后山两条小溪，哗啦啦地把泉水送到池塘，再通过围堰，流向不知何处是尽头的远方。

　　我小时候的家，门前是一口大大的池塘，是生产队的当家塘，池塘对岸是一座小山，叫对门山，山坡上点缀着乡亲们开垦的自留地，每一家都在自己土地的边缘栽种一圈芭茅草，茂盛地开放，形成一道道自然围栏，围成一家家的菜园子。园子里除了各种时鲜，还种有果树，春天桃红李白，秋天柿叶鲜红，小溪潺潺，野蜂嗡嗡，藤萝绵延，百鸟婉转，我们就在这梦一般的园子里游戏，下堰摸鱼，上岸偷瓜，不弄得满身泥巴是不回家的。在繁茂的夏季里，学校放了长长的暑假，我们终日泡在菜园子下面的池塘里，不去偷桃摘果，岸树上熟透的桃李，纷纷滚落到水里来，咕咚一响，我们就抢在手中，卧在水面上，一边吃着果子，一边看天上的云彩。那白云棉絮一般，不断变幻成各种动物和城堡，令我们遐想连绵。

　　坳子背后（北面）紧依大山，连绵起伏，在村后这一段叫屋后山，延伸向西叫长坳垴，再延伸向西便是另一个公社（上巴河镇）的地界了。屋后山上长满枞树，那里也是我们的乐园。每天放学后，或者每个周末，我们都要上山捡柴火。小伙伴们在大石缝里捉迷藏，爬到树上掏鸟窝，漫山遍野地疯。疯累了坐下来，一起动手捡石块，搭个小火灶，烧豆子或红薯，吃得满脸烟黑。有时候，看见一些别个坳子的小孩，到我们屋后山里来捡柴火，便团结对敌，冲拢去打群架。最奇妙的是，屋后山上有一块很大的青石，孤零零地躺在山坡上，像一头巨牛，周围再也不见有大块的岩石，所以老人们说是天上掉下来的。我和小伙伴们常常爬上大青石，表演我们自己的节目。站在这个舞台上，眺望远处，苍山迭迭，白雾茫茫，东南方向的天际，横贯着一条灰蒙蒙的直线，那是黄冈和浠水两县交界的巴河。远望山与山之间，散布着大大小小的村落，炊烟袅袅，苍鹰在炊烟中盘旋，我是多么想变成一只雄鹰，在天空自由自在地翱翔。

　　坳子里最热闹的去处，是池塘的堤埂，塘埂上种满了泡桐树，枝繁叶茂，其中一棵最大的泡桐树的枝丫上，常年挂着一个用铁皮制作的土喇叭，生产队长每天就在这儿用喇叭筒喊社员们出工，这里也是生产队的中心广场。夏天的夜晚，月色溶溶，从池塘里荡起的晚风，格外凉爽，大人们纷纷从屋里搬出竹床、躺椅，先是坐在上面吃饭，然后就躺在上面乘凉，有人干脆拿块草席，铺在地皮上。夜间的塘梗，一溜儿满是乘凉的人们，男人们打着赤膊，随意地躺卧，有的叼根旱烟袋，不紧不慢地拉家常，妇女们就坐在睡着的孩子身边，摇着蒲扇，哼着童谣，哼着哼着，自个儿也掺着瞌睡。这是小伙伴们最兴奋的时刻，我们在竹床之间追逐，在堤坡的草丛中捉萤火虫，有时还跳到哪一家的大竹床上表演儿歌，玩累了，随便倒在哪一家的竹床上，数天上的星星，看月亮与云朵躲猫猫。

生活在小塆子里的乡亲们，白天上山下田，夜里享受大自然馈赠的惬意。耕播收获的每一个日子，都牵动着庄稼人的心血与汗水，也牵动着山里人心中的苦涩与欢乐。

我虽然走出故乡的塆子已有多年，但始终走不出那条弯弯的山路。一个清明节，我又回到索家楼塆。记忆中的塆子似乎没有多大的变化，但又让人感觉到无时无刻不在变化，儿时的故居荡然无存，连后来盖的老土坯屋也没剩下几间了，有的是红砖红瓦的大房舍，更有几栋两三层的小楼房，房子多了，老屋基盛不下了，就往屋后山上扩展。那缀满山坡的零零星星的房屋，把我记忆中的"家挨家、屋连屋、一个堂屋串几户"的村格全打碎了，我不知该是惊喜，还是叹息。过去的羊肠小道，现在变成机耕道，虽然依旧弯曲，但能让车辆从塆中开到国道，山里人的心思和梦想，伴随着这弯曲的公路，伸向外面的世界。过去热热闹闹的一塆子人，现在没有多少待在家里了，小青年们都到沿海地区打工，青壮年劳力也趁这农闲到外面挣点钱，只有些老小在家留守，显得塆子里十分的空寂。

童年的小塆子已从记忆中淡化。池塘好像也变小变涸了，塘边的菜园子，荒芜成一片遗迹，芭茅丛不再，果树已伐尽，菜青蝶舞、鸟语花香只是梦里家园。塘梗依然，泡桐树却老得只剩一两棵，乡亲们说，现如今的夏天，已没有人到塘梗上乘凉了，家家有电风扇，有的还装上了空调，电视节目远比塘梗上的夜话更精彩。我爬上屋后山，大青石依旧在，但站在上面眺望的感觉已完全不一样了。也许是因为戴着近视镜片，我没有看见童年的风景，没看苍鹰在云彩下盘旋，没有炊烟在蓝空中升起，山坡的树好像稀少了，田园里也没有草籽花，小塆子寂静得只听见公鸡的打鸣。我童年的风景已消失在遥远的梦境里了。

一时间好像失落了什么，但很快又觉得发现了什么，我看见乡亲们脸上的喜悦与悠闲，我听到他们言语中的那份掩饰不住的自信与豪迈，我知道我儿时的小塆子正在变得越来越好，乡亲们依然淳朴而勤劳，更多了开拓与奋进的智慧，毫无疑问，明天的索家楼塆还会比今天更美好！

故乡老屋

　　故乡的老屋，充满童年的乐趣与温馨，在我的人生记忆中，总也挥之不去。

　　老屋所在的塆子，坐落在鄂东大别山南麓的丘陵地带，既无险峻的峰峦、幽谷，亦无平坦的土地、平湖。但那一片片错落有致的村庄、一畦畦参差不齐的水田和旱地、一丘丘绿松覆盖的山冈，宛若一幅幅鲜活灵动的水墨画，给人恬淡静雅的向往，更何况在这幅画中，有山坡上的牛羊觅食、村塘边的鸡狗相逐、村舍间的袅袅炊烟，无一处不令人陶醉。

　　最令我记忆犹新的是塆子中间的那棵大朴树，直径一米多，需三四个成年人才能合抱住。每年夏天，庞大的树冠将半个塆子笼罩在绿荫之中，树下亦是人们纳凉休闲的最佳场所。树上，是鸟儿的天堂，一个硕大的巢穴坐落枝间，每到清晨和傍晚，鸟儿围着巢穴叽叽喳喳，我们都到树下仰望着，期待落下一枝鸟巢的横梁来。传说鸟儿巢穴的横梁是一枝仙木，如果捡了来，放在米缸里，那大米会常年满缸，怎么也吃不浅的。于是，这树上的巢穴总是牵挂着我们敬畏和期待的目光。听大人们说，这大朴树在过去是这一片庄园门口的标志，这个叫索家楼的塆子里有八座小姐少奶奶的绣楼，绣楼建在一片庄园中，可见其人丁兴盛，富裕繁华。但到了我们邱氏先祖迁居此地时，庄园早已成为一片废墟，八座绣楼只剩一座看得见丈余高的基座。先祖们在这里清除断壁残垣，烧荒垦土，重建家园，过着自给自足的生活。在我幼小的时候，还住在一栋上下三重、左右三橦的庄园式房屋群落里，但后来垮子里人口不断增添，分家越来越多，于是逐渐有人家改建自己居住的老屋，或搬出老屋到村子旁边另建宅居住，这样，故乡的垮子扩大起来，老宅庄园不见了，那座唯一的绣楼也被拆毁，建楼的条石分到各家各户做门框石。后来，老宅已毁得毫无踪迹，只有这棵老朴树巍然屹立在村子里，像一位勇敢的卫士，日复一日地守护着这个百年古村落。

我出生的老屋，是索家楼垮子正中间的一栋三连套堂屋的下堂屋，那时叫"下套"。下套与中套之间有个天井，春天的时候，雨水淅沥，天井边的湿地上还长出绿茵。我的家在天井的左侧，也就是西侧。下套的东侧住着两户人口较少的人家，都是本家叔伯房亲。

老屋是土木结构，屋基砌着很高的条石，堑了很多土才建起房间，所以从外面看，我出生的房间窗户老高老高的，像两层楼房。老屋青砖墙灰布瓦，没有雕梁画栋，亦无飞檐走兽之类的建筑迹象，估计在庄园时代是有的，到我族祖先来此重建时，被简单化了。我们祖族世代务农，守着这里的一些薄田过日子，算是不富裕但也过得去的那种标准式农户家族。

老屋坐北朝南，背靠一座小山，叫屋后山，大门前是一口池塘，池塘很大，全垮人都在这口塘里洗涮。洗衣洗菜是这里，牲畜饮水也是这里。池塘上下都是一畦一畦的水田国，我们叫冲田，阡陌的田埂弯弯曲曲，宽不盈尺，每天早晚都行走着赤足的乡民。池塘对岸是一座小山包，叫对面山。山上树木不多，七零八落地散布着一些旱地，有生产队的红苕、花生、芝麻地，也有生产队分给各家的菜园地。春天的菜园子，坎埂芭茅茂盛，园里果花飘香，蜂蝶翻飞，燕雀吱吱，是我们最惬意的乐园。

我们那时的老屋，如果留到现在，绝对是人们旅游观奇的好景点。全塆三四十户人家，都住在连成一体的房屋中，塆落东西连片的房屋全长百余米，分三个大区域（三大栋），每一栋之间，有一条不足一米宽的小垅子分隔，但从最东头一户人家的门口进去，可穿过各户，直通最西头一户人家的后门。每一大栋房屋的南北朝向，又分上中下三套，从前面（南面）的下套大门进去，依次步级而上，直穿三个套间（当年可能是依山而建），一套比一套地势略高，再从北面上套的后门出来。全塆子人家户户相通，家家毗邻，鸡犬之声相闻，饭菜香味共享，除了晚上睡觉各家关门闭户外，白天从不闩门。我和小伙伴们经常在屋子里玩捉迷藏，或模仿电影里捉特务，东跑西跳，吵吵闹闹，无论钻到哪家，大人们都视同己出，从不责备，有的人家还抓把零食塞到我们手里。我家当时有父母、祖母和小叔共七口人，父亲虽然常年在外地工作，但还算是塆子里的大户人家。土改时分给我家的老屋有两大间，另外一间小堂屋在下套与中套之间，要上几步石阶才能进去，平常是生产队放些甘蔗、农具之类，另外对外开着一扇门房。只有到过年时，或有手艺人来家做生意时，我们才到这间堂屋摆桌吃饭。所以这间小堂屋只能算一半的产权属于我家。

我家平常是灶房兼堂屋，我们总是从灶房门口出入。走出房门便是全塆的主要集会场所，也就是塆子正中间一栋的下套厅，天井之上的中套，曾经是供奉邱氏宗祖、土地司令六神牌位的地方，到我懂事时，看到的是磨面的石磨、舂米的石碓、水车风播、犁耙锄掀等生产生活用具，下套放着一张方桌和几条木凳。过年时，大人们都要在此用酒菜祭祀祖先。担任大队书记和小队队长的本家伯伯、哥哥，都住在这一栋里，所以经常在这里举行大队的一些干部会议、小队的社员大会。下套大门上空架有木板楼，供各户放柴草之用。楼板下面有好几个燕子窝，年年春天，南飞的燕子便从大门上方的天窗进出，栖息在此。堂屋中间的天井是我们小孩子的最爱，井里始终有积水，各家的淘米、洗碗水都往井里倒，大人们在田间捉到的乌龟、脚鱼、鳝鱼、青蛙、泥鳅等小动物就往井里放。因此，井里这些小动物慢慢由小长大，也没有人吃它，只有我们小孩不时地用小棍骚扰一下，它们也不惧怕。每逢下雨天，天井里的水由暗道流往门前约十米远的小池塘，而这些动物因有食物供给，常年生活在此，天晴就从石缝里钻出来晒太阳。天井约有三平方米大，深一米左右，我们小孩经常有人掉进去过，但一般不会出大事。

印象中，一塆子的人们都像亲戚六眷一样，十分团结和睦。我很少见到两家人之间吵嘴打架，就是有时小家庭里两口子吵嘴，一塆的人都去劝说，倒是经常看到人们互相借柴借米、借油借盐，甚至借菜借火的事情，谁家称点肉回来做包面（饺子），也要添上一碗往左邻右舍里送。在我出生的时候，已经实行人民公社了，我们塆子属于合作公社同建大队的一个生产小队。当时，全小队共有三十多户人家一百余人，除了主要是我们邱氏家族以外，还有部分易姓人家，一塆居住两姓，都没有分内外的情况出现。我从出生起，在老宅里住了八年，后来老屋外墙腐蚀不堪，一遇大雨就要用尼龙纸遮挡，不然就有垮塌的危险，所以在 20 世纪 60 年代末期，父亲便辛辛苦苦地拆掉旧宅，在原宅基上扩建了一幢明三暗六的土砖房。这就是我的第二届老屋了。

如今，故乡的老屋早已换了几茬人家，故乡的面貌也发生翻天覆地的变化，童年的垮子只在记忆中了，但那连片的老屋，以及老屋里温馨的情景，不时地在我脑海里浮现。

乡路绵延

故乡的小路，就像奶奶佝偻的脊梁，是我儿时的摇篮。

那时候，我总希望故乡的小路长满鲜花，五颜六色的，那么，我就可以摘一朵最漂亮的花，献给奶奶，看到奶奶展开没了牙齿的嘴，呵呵地笑着，那将是我最快乐的享受。

可是，故乡的小路总也不长鲜艳的花朵，连野生蒲公英也不长，只有绿了又黄，黄了又绿的草根，我们叫霸地根，像一条弯曲的变色龙，绕着田野，绕着池塘，还有一些攀缘着古老的树干，试图离开小路的泥沃。

每当村头池塘埝坝上的泡桐树迎春早发，塘边的柳枝飘舞，绿意盈怀的时候，我总是脱下奶奶给我穿好的鞋袜，像小鸟儿一样飞进叽叽喳喳的小伙伴中间，折下长长的柳条，摘一捧桐花，做成绿色的帽子，装扮成电影里埋伏在草地上的侦察兵，或者，坐在绿芽绽放的树枝上，向初出寒冬的枝干施暴，弄得花雨纷飞，遍地狼藉。我们自己也一身污渍，一身绿痕，在回家的从小路上边跑边闹，像个凯旋的大英雄。

那个夏天，阵雨哗啦啦地下，我们不等雨点完全停歇，一个个脱光衣服，跳到小路边的塘堰里摸鱼。夏收后，去捡拾小路上大人们挑草头时遗落的稻穗，拿回家哺养刚下蛋的花母鸡。夏夜里，搬出竹床或凳子，一字儿摆在小路上乘凉，听大人们讲天上的传说，世间的故事。小路边的草丛里，一些不知名的虫子，发出悦耳的声音，是我儿时的催眠曲。

离开故乡二十多年了，走在异域他乡的马路上，我常常不自觉地感到一种孤单与凄凉，奶奶离开我已十几年了，父母亲也远在故乡的另一个小镇子上居住，亲人们把漫长的路留给我一个人走。我常常站在所居城市的一个角落，面向故乡的方向，面向故乡的路途，想象着这个季节，故乡的路上行走着什么样的人，乡路两旁生长着什么样的草蔓。四月的雨滴，像一曲哀怨的小调，沸腾着我的思念，而唯一能振作我的，是那条曾经撒满天真、欢笑和童趣的小路，是小路上一茬一茬的梦想花开。

这个四月的清明，我又回了一趟故乡，发现当年我每天上学放学的小路已没有人走了，村里另外开辟了水泥宽道。为了寻找昔日的梦，我仍然向那条已成田埂的小路走去，小路更窄，坑坑洼洼，长满齐膝深的野蒿，从田渠里放出的水，轻声地呻吟着，似在向我倾诉如今的冷落，我站在小路上，忆往抚今，不觉发出长长的喟叹。

失去了，那段赤足光背的童年，这是社会发展的必然，这也是家乡交通发达、环境改善的喜讯，我应当为家乡的变化欣慰。但不知为什么，心中的落寞和惆怅总也挥之不去，好似一种心爱之物的失落，一位知心朋友的离散。

记得一位作家写过，童年其实是充满艰难与辛酸的，但在我们的回忆里，总是滤出快乐。人到成年后，为什么总把幼稚的童真看得那样神圣？为什么会把陋鄙的乡俗奉若神明？为什么小脚的奶奶总是我们温馨的回忆？为什么曲折的小路反而觉得稳实心安？这其实是人类一种寻根的情愫在起作用，是对纯真年代、牧歌生活、襁褓日子的依赖。故乡、故人、故事总是那么令人难忘。

怀旧会酝酿成一壶老酒，饮着它，可振奋前行的脚步。如果我们忘不掉故乡的小路，那就把它变成一条起跑线吧！让亲爱的故乡从那里起步，向着更加美好的未来前行。

忠厚传家继世长

六百年前的一个风雪季节，官府从江浙一带强征民众，聚集在江西一个叫瓦屑坝的渡口，一批批地船载北上。这就是历史上的"江西填湖广"事件。对于这个事件，究竟是一个传说，还是一段史实，我未曾考证。但从长辈们的口传中，与我看到过的宗谱里，得知我族祖先就是江西瓦屑坝迁居湖北的。祖先们最先来到鄂东大别山区罗田县七道河畔，选定背山临水的地方，筑室而居，从而开始了我们这一家族平凡而朴实的生活历史。

从宗谱来看，我们这个家族极其重视优良家风的传承，特别以"忠厚"为根本的家训，演化为"仁义礼智信，温良恭俭让"等关键词。这些词不仅在训辞中处处出现，还融合在一代又一代的名字当中，比如我的曾祖一辈，字序为"衍"，其几位曾祖分别就叫衍仁、衍义、衍知、衍信。他们的名字散发着质朴隐忍的人性芬芳，又激扬着刚毅勤勉的人格魅力。

忠厚温良，在我族可谓渊源悠长。先父在世时多次对我们说过："我邱家虽没出过巨贾政要，但从未出过'暴劫子（逆子）'！"遥想当年大迁徙时，先祖们背井离乡，被反绑双手，由官府集中押解到湖广的场景，何等凄惨！据说，现今我地老年人走路时有倒背双手的习惯动作，以及把上厕所说成"解手",便是那场艰难迁奔的历史遗存。

当年"江西填湖广"大移民,是明初朝廷扩张经济之举,倒也无可厚非,但还有一种传说,却是叫人毛骨悚然。说是朱元璋与陈友谅为争夺天下,迁怒于陈的家乡湖北,在当地进行惨绝人寰的大屠杀,加上湖北又是红巾军起义的主战场,战乱连年,天灾人祸,干旱才过,霍乱肆虐,这一带人丁几近灭绝。所以到明太祖朱元璋统一长江流域时,便强令人多地少的江浙民众,迁移到湖广安家落户。

这些传说,在家乡一带是有不少印证的。譬如回龙山的大庙,就传说着蜘蛛救娘娘的故事,证明朱元璋的夫人陈娘娘在此地战争过。我的故乡索家楼,也叫索八楼,曾经建有富户的八栋阁楼,到我的先祖迁居时,只剩一片庄园的废墟。我小时候还胆战心惊地听过老人们讲"干老头"的故事。也就是说先祖移居这里时,在废墟里发现了干僵尸体,可见这一带曾被病疫或战争造成人丁谢尽。这里是山区,爬上大山顶,往往会发现一些古寨的遗迹,人们就说是陈友谅聚兵打仗之地,可想这个地方本不是我邱氏族祖的籍贯。

曾听族兄恭应讲,我们本家的祖先是从罗田七道河放排鸭走出来的,先是在黄冈总路咀锥子河一带驻扎放鸭,某一日望见附近高岗方向浓烟四起,火光冲天,便奋不顾身前往抢救。原来是一富户人家的稻田失火,殃及粮仓,后来高岗这个地方一度被叫作"火烧屋脊"。高岗的那家富户欣赏于我族的英勇刚毅,便招为女婿,邱祖于是落户在高岗,以忠厚、勇敢而立足于这片山清水秀之地。从此人丁繁衍,家庭发达起来,先是在高岗有大邱垴,很快又有细邱垴,族人两个垴子还住不下,又往索家楼、粟子塝迁居。我的曾祖父就是迁居索家楼的一支。

到先父仲卿公这一代，更是把忠厚荣家的传统发挥到极致。先父命运多舛，自幼丧父，母亲下堂（被迫改嫁），年幼的他带领更年幼的两个弟弟，在索家楼那个偏僻的山村里躬耕度日。人们常常看到父亲在后面扶着犁，两个弟弟在前面肩拉耕种的场景。幼年失怙、势单力薄的父辈兄弟三人饱受欺侮，却百忍不沦的自强往事，充斥着我儿时的记忆。父亲以德报怨、知恩图报的行为，至今历历在目。初级社的账房先生欺负先父兄弟不懂账务，把他们的工分记错，先父就发誓自学，不光学到财会业务，还写得一手好文章，后来被推举当上村会计，不久又被驻村乡领导看中，保荐为乡政府通讯员，成为乡里一支笔。村里有人嘲笑先父兄弟三人"学不了手艺，注定是扒土坷垃的命"，小小年纪的先父在没有师傅教导的情况下，学会了木工手艺，他亲手制作的小桌子、小凳子，连老木匠都夸口称绝。打小父亲就教导我们"忍得一时之气，免得百日之忧"，这些忠厚为本的修身之德和处世之宜，一直是我和弟弟妹妹们立身励行的良训。

我们家族历来重视子弟读书。"人无贵贱，无不读书""孝友沉笃，致力于学"，这些都是家训中的重点，它激励一代又一代的子孙将读书求学奉为至上。勤奋读书，百挫不辍，众多族中寒门子弟，在这种家训中崛起于阡陌垄田。

在我小时候，家大口阔，劳动力少，是队上有名的缺粮户。常常是一件衣裳父亲穿了，给我这个长子接着穿，我穿了给弟弟们再穿。队上分粮油，我们总是靠边站。但即便是这样的窘境，父母也从不让我们辍学。哪怕我们自己生出厌学情绪，也总会受到他们的劝慰甚而责骂。

先父讲，我祖父在世时，农闲时节用挑小货担赚些现钱，送他上私塾，一心要堵住别人说我家"读不起书，要当光棍"的嘴。不料父亲才上两年私塾，祖父就病逝了，父亲虽然失学，依然爱书如命。我很小的时候，看到家里阁楼上有一个大木箱，里面全是书，有厚厚的大书，也有小人画，那都是先父从牙缝里挤出钱购买的。那只木箱给了我无限的童年快乐，更萌发了理想的翅膀。当别的乡下孩子眼光只放在脚掌所及的范围时，我却能骄傲地说出一大串著名人物的名字。

"话多人不爱，礼多人不怪。"这是先父生前常说的话。我的家训有文：勤守成朴，敬重诗礼。我们家族就是这样秉承"待人以礼，敬人以尊"的做人立业精髓，把礼让奉为圭臬。垮子里要是出现了一件被人不齿的事情，比如公共财物被人损坏，菜园子被人偷摘了，人们往往会说：这事不会是邱家人干的，邱家人干不出这种事情来！

记得小时候，家里来手艺人或客人，母亲总是把茶水倒在杯子里，让我端到客人手上，教我如何说客套话。有客人在桌上吃饭时，我们自觉坐在角落，或夹一些菜到外面去吃。邻村有一个篾匠，很喜欢小时候的我，到吃饭时，他要是往我碗里放一些青菜，我就连连道谢，他要是夹些鱼肉给我，我就要往他碗里拨，后来他到处夸奖我是个乖伢。我至今想到这些，仍引以为豪。我也以此教育自己的儿子，儿子从小彬彬有礼，鄙视脏话粗话，这很让人欣慰。

"常将有时思无时。"家父经常教导我们节俭惜福。我读小学时的草稿本，是父亲用单位的废弃表格纸反折后，装订给我的，书包是母亲用自家织的土布缝制的。起先我也反感这些东西，觉得在同学面前没面子，后来发生的一件事，改变了我的想法。刚上初中那年，我们的午餐是自带剩饭到学校蒸热了吃。有一天父亲去学校看我，正碰到我在吃饭，他说自己吃过了，就静静地在一旁看着我吃。我吃到最后，碗里还有些饭菜，觉得咸了，准备倒掉，父亲接过碗来说："咸点也不闹人，倒掉可惜，我吃吧。"我看到旁边有些同学在朝这边张望，便觉得父亲这样做很丢人，就生起气来。父亲当场没说什么，他把我的剩饭吃完后，又到水池边把碗洗干净，再把我叫到一个僻静处，讲述一粒大米，从下秧苗到变成米饭的艰辛过程，讲述一片蔬菜，从栽植到炒熟的程序。这每一道过程，要泡浸人们的多少汗水啊。"一饭一粥，当思来之不易，半丝半缕，恒念物力维艰。"父亲反复念叨着这句古训，让我面红耳热。自此我再不浪费一粒粮食，还主动把别人写过字的纸片，拿来背折当草稿纸用。

节俭是幸福的源泉，惜福的人才有福。父母亲总是在有形无形之中，传承家训门风，这样的家族，无论怎样的困窘，都能活出一种喜气来。即使我们家的米缸只剩一粒米，我的父母亲也不会露出难堪，总是给人一种自信的感觉。在那极度缺粮的岁月，父亲在单位淘了些别人看不上眼的杂粮碎米，甚至米糠，拿回来舂成细粉，兑上大豆，蒸成香喷喷的米粑，我们都吃得很开心。父亲一个男子汉，却学会缝补和编织，母亲更是浆洗补缝的巧手。一件旧衣裳，经过父母亲的手，总能翻出新花样。正因此，在那个全民饿饭的时代，在我家是缺粮大户的现状下，我们兄妹四人都能读到高中毕业，这在当时的农村是少见的。

先父生前有句口头禅："唯愿有光别人沾。"吃亏是福，帮人是德，这些家诫训言，高度概括了邱族谋事之德和为人之格，使忠厚文化由民间信条变为光荣传统，并以一种非物质文化形式，不断发扬光大，影响着一代又一代子孙，成为兴家旺族的主要根基。

先父一生便是老老实实做事，堂堂正正做人，不怕吃亏上当，不怕好了别人，不媚权贵，不欺下人，他忠厚的品格和宽宏的胸襟，在他工作和生活过的每一个地方，都被人传颂，也对我的影响很大。有件事印象很深，在我读中学时候，一天跟同学们到附近的大队搞生产劳动，有位老农瞅我半天，问我是不是某某（先父的名字）的儿子，得到我肯定的回答后，他高兴地搂着我说："我说你怎么这样像他，你父亲当年在我们这里住队，做了好多好事啊，人们都念着他哩！"末了，老农还悄悄塞给我一些食品。

父母亲不曾读过万卷书，也不曾行得万里路，但他们始终坚守自己的本真，循规蹈矩，立身厚道，成为家族楷模。也许他们没有怀天下，济苍生之想，想来也没有"采菊东篱下、悠然见南山"之趣，但他们确实在恪守传统，在忠厚传家中找到了精神家园，因而，邱氏家族的传统力量总是浸润在他们的血液里，成为一盏明灯，照耀着一代又一代子孙前行的路。

山歌好比长流水

　　大别山区的山歌民歌名播中华，浠黄民歌和红麻山歌是其代表。

　　浠黄民歌是鄂东浠水、黄冈一带濒临巴水流域的乡村歌谣，是巴楚文化完美结合的产物。鄂东民歌所有的基调都可以从浠黄民歌里找到。鄂东境内的大别山区，流淌着巴水、浠水、蕲水等五条河流，其中巴河本不叫巴河，因是古巴人的流放之地，故改此名。周朝时，楚国灭掉巫山地区的巴国后，朝廷将造反的巴人，从鄂西渝东流放到鄂东，这些"巫蛮"在鄂东五水域生活后，人称"五水蛮"。故乡民歌不管怎样发展，但基调仍是"五水蛮"巴人精神的基调。如果我们到三峡深处听巴人原乡的丧歌、情歌时，一定会被熟悉的旋律所惊憾。

　　民歌是传颂着的历史。当时流放的巴人是由楚人押着顺长江下来的。巴人携妻带子，带着家乡河流的名字和家乡的民歌，背井离乡，来到了蛮荒的鄂东。两千多年来，流放的巴人在大别山间、巴水河畔创造了生命的原始歌谣。这些歌谣有着向命运不屈的抗争，有着男欢女爱的纯真情感、有着劳作后丰收的喜悦，更有对未来幸福生活的向往，乡民们把快乐的笑声和痛苦的眼泪，一起化作了旋律，这旋律高山般雄壮，巴水般流畅，扣人心弦。

故乡的歌谣曲伴随我终身。我一出生听的就是家乡民歌。祖母和母亲，都是一边抱我在怀，一边拍着我唱歌。听得最多的是：

> 黄鸡公儿尾巴拖，
> 三岁伢儿会唱歌。
> 不要爷娘教给我，
> 自己聪明咬来的歌。

"山歌本是古人留，留给今人解忧愁。"民歌是生命中大喜大悲的产物。在生命体验中，有了大喜的时候，心中的激动便化作畅快的节奏随歌谣升起，比如洞房花烛，添丁进口，五谷丰登，六畜兴旺，这样的日子里，总有类似题材的民歌产生。在人生悲伤的时候，歌儿依附着旋律在生命的至境里徘徊，比如挚爱的亲人死了，就像忽然割断了血脉，痛得你流不出眼泪。俗话说"流得出泪的不是真痛"，当你痛得连眼泪都没有的时候，你就忽然觉得头上青天高了一层，脚下的大地厚了一层，头脑里空空作响，这时候到达了生命的至静，心中就有天籁般的旋律流淌，于是解忧的民歌就在这伟大的时候产生了。

作为生命中常青之树，情感的最佳依托，民歌与人类整个生命的过程同在，并不断发扬光大，生生不息。这首浠水民歌《一进团陂街》，虽然较长，但乡亲们都能唱得滚瓜烂熟，因为它把家乡风情展示得淋漓尽致。

一进团陂街，大门朝南开，他家有个女裙钗，胜似祝英台。

头上黑如墨，脸上桃红色，生的面孔没话说，满街都晓得。

二姑十七八，打扮走娘家，手拿洋伞一尺八，走路撒莲花。

一进麦儿冲，麦儿黄松松，麦沟儿跳出个小杂种，扯手不放松。

越扯越慌张，再扯骂你的娘，哪家生的小儿郎，调戏二姑娘。

二姑你莫骂，都是后生家，年纪不过十七八，都是爱玩耍。

二姑你好人，向你求个情，婚姻事儿你答应，记得你一生。

辰时来看姐，天色黑如墨，心想问姐借夜歌，可得可不得。

巳时姐红脸，骂郎好大胆，自从那日会一面，请姐讨姻缘。

午时许姻缘，许到二十边，奴的鲜花未蓄满，那话不敢端。

未时进房门，三尺大红绫，外带胭脂和水粉，奉送我情人。

申时靠郎坐，问郎饿不饿，我郎饿了去烧火，招待我情哥。

酉时姐做饭，鲜鱼和鸡蛋，郎叫多谢姐有慢，有慢我心肝。

戌时点明灯，向郎表痴情，把郎拉到上席坐，请郎把酒饮。

亥时进绣房，掀开红罗帐，郎脱衣裳白如雪，姐脱衣裳白如霜。

子时把郎拉，我郎瞌睡大，这大的瞌睡来干吗，耽误小奴家。

丑时跟郎说，我郎你听得，奴的鲜花你开折，切莫对人说。

寅时郎要去，拉住我郎衣，我郎要去等鸡啼，天亮不留你。

卯时郎走了，走路二面倒，郎的精神姐夺了，如同雪花飘。

红麻山歌则是鄂东大别山深处红安、麻城山乡的民歌。最有名的是《三百六十调》。《三百六十调》是山区乡亲传唱的 360 首民歌总汇。一年 365 天，可见乡民们天天有歌唱。相传古时有位文人，非常喜爱鄂东山歌，便常年带着小本本和笔，到红麻一带走村串户，沿途听到的山歌太多，所带的本子都记不下了，他只好在每天听到的山歌中选取一首记录下来，并整理成一个小册子，书名就叫《三百六十调》。小册子上的山歌被一代一代的人广为传抄，《三百六十调》也就成了鄂东山歌的代称。鄂东多山，说鄂东山歌多如牛毛，一点也不夸张，很多就是放牛伢喊出来的。两两相对的山坡上，这边的牧童一个口哨打过去，那边的牧童又传过来，双方就对起歌来。更不用说有男孩子女孩子一起放牛牧羊时，那种更有激情和灵性的对唱了。歌唱者为了使对方听得见，语音会延长，声调会夸张，情绪会放大。这样的音调唱多了，固定下来，就成了山歌的调子。因为是喊出来的，就决定了鄂东山歌高亢、悠远的风格。

红麻山歌《三百六十调》中的，有的是传统歌词，也有即兴现编的。内容多是互问对答，或款古道今，或男女爱恋，也有插科打诨，互相笑骂的。山里人都很喜欢听牧童对歌，那响亮粗犷的歌声在山间回旋激荡，使山里人的生活充满生机和乐趣。

比如互相考问知识的歌词，不仅有趣，还具备历史文化教育辅助功能。

一方唱问：

> 天上的桫椤什么人所栽，
> 地下的黄河什么人所开，
> 什么人把守三关外，
> 什么人去修行一去不归？

另一方唱答：

天上的桫椤树王母娘娘所栽，

地下的黄河金角老龙开，

杨六郎把守三关外，

韩湘子去修行一去不归。

古时候山里读书的孩子不多，他们可以依靠这些歌词来获取历史知识。

还比如夫妻男女打情骂俏，用快板山歌的调子对唱，表现得活泼有趣，诙谐热烈，极具山里人特色，充满原生态的音乐美感。

女唱：

清早起来梳油头，

三把眼泪四把流。

人家的丈夫多漂亮，

我的丈夫痌痌头，

痌痌死了我自由。

男和：

你要自由你自由，

何必骂我痌痌头。

世上的痌痌多得很，

癫痫不只我一个，

你这婆娘昧良心。

男唱：

太阳一出满山黄，

一生没靠到好婆娘。

脱了衣裳无人洗，

洗了衣裳无人浆，

不如到庙里做和尚。

女和：

太阳一出满山雾，

一生没靠到好丈夫。

没得水吃无人挑，

没得柴烧无人捂，

不如到庵上做尼姑。

红麻山歌的调子一般分慢板和快板两种。慢板山歌一般用来演唱抒情的歌词。快板山歌则用来表现明快热烈的内容。山歌的歌词有四句式、五句式和鱼咬尾等多种形式。

四句式、五句式就是对唱每一段歌词的句数。如四句式：

姐儿门前一棵槐，

站在槐下望郎来。

娘问女儿望什么？

我望槐花几时开！

山歌好唱难起头，

木匠难起凤凰楼，

铁匠难打铁狮子，

石匠难打石绣球。

五句式山歌最多。如：

这山望到那山高，

望到乖姐捡柴烧，

没得柴烧我去买，

没得水吃我来挑，

莫把乖姐晒黑了。

清早起来事儿多，

先刷灶儿后洗锅，

丈夫回来要吃饭，

细伢醒了要摇窝，

哪有工夫唱山歌。

这是在故乡山歌中出现的一种独特的句式，它是在四句的后面又紧跟一句，打破了四平八稳的对偶句，形成一种非对称性的节律美感。

鱼咬尾式就是好似一串鱼儿互相紧紧咬着尾巴的句式。如：

六月太阳似油煎，

外面晒个女姣莲，

情哥哥看见过不得意哟，

带着上七里，下八里，七八一十五里，

带到莲花墩上，桫椤树上，丫儿撇上，芝麻叶上，

火龙岗上好乘凉，

好似织女和牛郎。

这种山歌长短句参差不齐，句与句之间回环相接，一气贯通，听来让人有情浓饱满、酣畅淋漓之感。

"插秧鼓""薅秧歌""草头号子"之类的田歌，也是红麻山歌的重要部分。乡民们在田畈的劳作中，为减轻疲累感，用歌谣鼓劲增趣，解乏消愁，后来又加进了锣鼓等导具乐器，一群人在田里干活，几个人在田岸上敲锣打鼓，起舞唱歌，形成了欢快激烈的劳动气氛，有的地方还演变成祈求丰收的仪式。

浠黄民歌也好，红麻山歌也好，其音调都源自于鄂东大别山地区语音，

所以决定故乡歌谣的基调是鄂东方言。古朴平实的鄂东方言使故乡山歌调子充满山风野趣，泥土芳香。它是介于我国北方高亢阳刚民歌和南方温柔婉约民调之间的一种刚柔并重、阴阳交融的民间音乐。"言之不足则歌之"。先辈们情之所至，引吭高歌，在生产生活中创造出的山歌穿透岁月时空，重现独特风采。它曾经给先人们带来无穷欢乐，也会给一代又一代后辈们带来无限惊喜。它是故乡的一笔宝贵民间文化遗产。我们应该珍惜它、传承它，正如祖先在山歌中殷殷嘱咐的：

山歌本是古人留，

留给后人解忧愁。

自从三皇和五帝，

唱了几多春和秋，

切记莫把古人丢！

走过三山，豁然开朗

故乡多山，儿时倚山为生，抱山长大。长大后走出了大山，漂泊在外，仍然每以登山为乐事。每一次登高，就是一次吮吸故乡的气息，就是一次人生的修炼与提升。

——题记

初品大崎山

刚上初中的时候，我才十一岁，就有了一次"伟大"的经历：登上了家乡最高峰——大崎山的顶峰。

那时候，学校里尽搞勤工俭学，不是砸石修路，就是制炸药、配菌种，或捞塘泥种小麦，或挖土窑烧红砖。1973 年的上学期，学校组织到小崎山林场薅树。本来老师看我个子小，不让我去的，但禁不住我的坚决，还是让我背着大锄和粮袋，随同学们出发了。来到目的地，看到满山遍野的松树、杉树，就靠我们这群年幼的孩子用大锄来除草、松土，一天干八九个小时，吃的是自做的甑蒸饭，睡的是山里人家的地铺，还要防蛇虫袭击，非常艰苦，但我们都被一个希望振奋着，那就是老师即将要带我们去登大崎山。

关于大崎山的传说，自小我就在祖母的怀里听说过，对那里充满了神奇的幻想。返校的头两天，老师终于决定带我们去登大崎山了。我们兴奋得不得了，什么疲劳、恐惧、想家以及饥饿和寒冷，全都忘了，只有一根高度兴奋的神经在颤抖。

从驻地叶家堉到大崎山脚下，有十几里路。那天天气不太好，灰蒙蒙的，大风呼呼地刮着，一抱来粗的竹子都弯曲摇曳着，黑压压的松林发出"呼呼"的吼声，不知名的鸟儿在林子里孤独地怪叫。我们走了半天都见不到一户人家，也没见到一个人影，好不容易看到附近个村庄，也只有一两户人家，远古一般寂静。所以刚刚出发一会儿，就有30多个同学胆怯地转回驻地去了。前行半个多小时后，才碰到两个行人，我们问离山顶还有多远，他们说"还没动头呢"，这一句话又吓走了20多个同学，最后只剩下7个同学，和学校领队的程主任和江老师，一共9人，冷清地走在崎岖山道上。

江老师摸着我的头说："你还小，还是跟他们回去吧！"

"我一定要爬到山顶上去！"那时的我还真是勇敢，确切地说，那时的我是一个连勇敢和害怕都还不知道的小糊涂蛋。

山路曲曲折折，荆棘丛生。不知是正在下着雨，还是之前下过的雨水聚集在树叶上被风吹落，冰冷的雨水打在身上，风不时地骇然叫唤着，并隐隐带来野兽的腥膻味。乱石也多，不过暂时还没有遇到悬崖峭壁。我们不紧不慢地向上走着，程主任给我们讲着山里的故事，他是麻城县（现麻城市）大山区里的人，对大山很熟悉。他说他们小时候上山砍柴，最得意的是找到了一个野猪窝，野猪把碗口粗的树啃断，一根根弄来做窝，窝大的像一座小房子，拆开来，是很大一堆柴火。

程老师给我们介绍山里的野花、野草、野果，有很少见的竹花、异香扑鼻的兰草、生熟均可食的香苗，印象最深的是一种叫"芦豆儿"的野山果，它红彤彤、圆溜溜的，满缀在不高的丛林中，摘一颗放进嘴里，酸酸甜甜的，余味无穷。这时候我突然想到，当年奋战在这一带的游击队员，兴许就用这种野果充饥，一时觉得这野果特别可爱，吃了一颗又一颗，弄得脸上、手上沾满紫色，还塞了满满两口袋，准备带回去给同学们尝尝。

我们来到一个村子，这村里就一栋房子，房子很大，估计不止一户人家，青石砌墙，屋顶全用杉树皮覆盖，显得古朴、幽雅。房屋的一端，用几根长长的石柱子，撑起一个凉棚，里面有石磨、石碓、石桌、石凳，更让我们称奇的是，主人用一劈两半的竹筒，打通里面的竹节，一头放进山腰的泉眼里，一头接进自家灶屋，清冽冽的泉水，顺着竹沟涓涓流进来，叮当作响。不觉为山民的聪明叫绝！

攀得很高了，风也更大了，雨水更冷了。这时有同学说感到胸闷，老师说是山上空气稀薄所致，问题不大。路也开始陡起来，地上铺盖着厚厚的松针，走上去软绵绵的，随时有可能滑倒。我们小心地往上踏，谁也不说一句话，无形中传递着紧张。除了偶尔看到树干上刻有"严禁带火上山"字样，表示这里有人来过之外，一切就像进入了原始森林。

走着走着，突然发现脚下没有路了，抬头一看，哎呀，我们走到了一处断崖边。脚下是深不见底的峡谷，丢一块石头下去，半天没有一点回音，四周死寂，这时候要是有谁突然大叫一声，准会有人吓得失足坠崖。我们一阵失望，随失望而来的是痛苦，有人发现自己脚上起了泡，有的感觉腰疼，肚子好像也饿了，也有些口渴。我把口袋里的"芦豆儿"拿出来，可谁也不想吃。我们很孤独，似乎离开喧闹的人间好久了。我想，如果这个时候，身边的森林里要是出来一个人，该给我们多大的快慰啊，哪怕是人饲养的一只鸡或一条狗出现，我们也会高兴的，然而没有，什么都没有，倒是偶尔听到几声怪叫，似乎有野兽潜伏在周围。在这时，我们可爱的程主任倒是想出一个奇异的点子，他说要用钢笔在我们每个人的鞋帮子上写个名字，以防万一有人被野兽叼走了，可以找得到线索。这样一说，当即就有人哭出来了。

现在的处境，不是进就是退，估计走了这一天，离山顶也不会很远。开弓没有回头箭，我们打起精神往一侧的高峰处攀行。

终于看见一段石头垒成的墙。老师说，这是过去的寨子。于是我想到古代山民们在这里聚会的场景，还想到游击队员在这里宿营——不知怎么我这一路老是联想到当年的游击队，真像个缅怀往昔的老者。

这时，又发现一条人工掘出的沟痕，老师也抑制不住兴奋地说："这是人工挖的防火带，沿这条沟就可以找到人。"

果然很快找到挖沟的人，他是一位黑黑瘦瘦的汉子，戴着草帽，赤膊赤脚，正在认真地弯腰挖地。他听到我们的呼唤，慢慢抬起头，露出满是皱纹的脸。

"大伯，我们要到山顶，请您指个路。"我们几乎是在哀求。

"你们怎么走到这边来？走错方向了。"他说，随即不声不响放下锄头，带着我们绕了一段路，指指前面说，"那是林场。"

啊，那就是大崎山林场。我们早就听说山顶有个林场，到了林场就离山顶不远了。还听说林场里有一口古井，井水是咸的，不管天晴天雨，不落也不涨。有一次，林场十几号人割了半天的葛藤，堆成一大堆，他们把这些藤统统连接起来，系了一块石头丢往井里试深浅，结果所有的葛藤放完了，还未试着井底。人们说这井通着大海。

林场是一长排砖房，前面有走廊，就像我们学校的一排教室，不过半天没见着人。我们走过去，看到有几间房门敞着，屋里阴暗暗的，墙壁是原生态的黄土色，窗户又高又小。除了两条简陋的长凳和几张挂在墙上的锄头外，似乎再没有什么东西，好像几百年前才住过人的样子，感觉有点像原始社会的遗址。

我们去找那口传说中的井，但找了很久都没找到，便悻悻离开林场，沿一侧山路冲向顶峰。

从林场撇右手，走上约两三里路，就看到顶峰标记——导航架了。原来顶峰并不是想象中的尖锥型，而是一块较宽阔的空地，起码有二三十平方米。一头立着导航架，给飞机导航的，树木制成，三脚架已有腐朽。山顶另一头，有一座石砌的两层楼房，据说叫瞭望台，用来观测防火的。我们上山那天，楼房锁了门，一个人也没见到。

我们终于登上了久仰的大崎山。我们激动地在山顶上跳跃着，忘记了痛苦，忘记了害怕，忘记了一切，剩下全是胜利后的快乐。都说无限风光在险峰，但这天我们并没有看到什么好风光，四周全是雾茫茫的。听人说，天气晴好的夜晚，从山顶上可以望见武汉三镇的灯火。这说法，让我们展开充分的想象，好像这雾气一退，壮丽的武汉，还有山脚下那许许多多的大小城镇，星罗棋布的村庄，田园阡陌，河流山峰，就尽在眼底了。或许，再看远一点，还有大海的边际，草原的尽头……这景致和享受，即使是坐在家中也是不能得到的。回想这次大崎山之行，重要的不是见识了什么景观，而是得到了一次最初的人生体悟。

人生难得三级跳

故乡多山，名山自然不少，浠水县境内的三角山是其一。此山因其三柱奇峰，状如兽角，直刺云天而得名。又因三峰并举，貌似书桌上的笔架，所以素有黄州府"笔架山"之称。儿时在故乡，似也听过这名字，但那年月人们忙于生产劳作，根本没有休闲旅游、名胜景点、观景赏山这些概念。这些年我离家乡远了，却时时听说家乡的某座山出名了，某个村垸成了旅游热点，便蠢蠢欲动地想回去好好逛逛。恰好有三两好友相约出游，便自驾到三角山游赏。

我们来到景区管理处时，已是上午九点多，一座挂着牛角、兽头的舞台出现在眼前，可能刚表演完一场民风歌舞，有余音缭绕，就像我小时候听到的采莲船花调，原汁原味，一下子拉近了我对这方山水的亲近感。

　　这天浏览的人并不多，我们没请导游，也没随旅游团，一行三人凭感觉，自由自在去爬山。从管理处门口出发，看到的是别人往左向上攀，我们偏从右手方向上行。三角山宗教资源丰富，右向是最负盛名的紫云禅寺，我们想先游紫云禅寺。此寺始建于唐贞观年间，至今有一千多年历史，史载，三角山兴盛时期有"道人八百，和尚三千，游者如朝，朝者如市"的盛况。北宋大文豪苏东坡曾在此题词："仙家玄妙，佛法无边。"我们原想进去朝拜一番，但转了半天没有找到寺院大门，后听说寺院正在修复中，四周围了起来，一般不让人进去。我们未行朝拜，但在山上仍然遥观到寺庙的恢宏气派，隐隐听到钟磬响，佛号悠扬。

　　继续沿右向上行，也就是先行景区西南方向，经一个滑草场，一处聪明井，钻了两个一线天（其中一个是一线洞），开始向我们游览方向的第一座高峰进发。第一座峰叫卧仙峰，峰上的一块巨石叫卧仙石，卧仙石一半伸向崖外，似坠落之状，石上面光滑平坦，仅够一人平卧大小，巨石左右两旁各立一棵古松，似庄严地保卫着巨石，传说此石为神仙休憩之处，故称卧仙石。这里四周有三周是悬崖峭壁，通往卧仙石只有一条路，这条路极为陡峻，几个同伴都是走走坐坐，力不可支，我却一口气爬了上来，在卧仙石上坐了二十多分钟，才等到同伴上来。其中一伴友竟吓得不敢上卧仙石，可见其高险陡绝。

　　只有一个方向是紧接第二峰的路。我们先下行，后继续向东攀爬，两峰相隔不远，很快也就到了。这座高峰是望江峰，又叫大尖峰，峰顶有一棵千年古树迎客松，此树没有顶枝，茂枝旁斜很远，大半倾向东南，如一位老人遥伸苍劲手臂于峭壁之外，像张手迎接远道客人，着实有趣。有位古人专为此松题了诗，后人也刻了下来，只是我愚鲁，一时没有背记下来。

赏了松、读了诗、照了相后，我们就要往第三峰进发。这时同行朋友喊累要坐下休息，而我游兴正浓，好像浑身不断地在发力，竟在下坡的石阶上小跑了起来。

再上石阶就到了三角山的最高峰，大概叫舍身崖或摘星峰，海拔一千多米，西北一侧是万丈绝壁，深不见底，从上往下看，令人头晕目眩。相传唐朝时此山寺庙僧多尼众，有人说，青春年少的妇女出家，不是好吃懒做就是行为不正，许多尼姑是假的。舍身崖就是当时观音庵检验出家真假的标尺，是真心出家，从舍身崖上跳下去死不了，是假出家跳下去就跌死了。据说当地黄泥坳有一女子叫陈荷莲，少年出家，同她一起进庵的另有五个少年女子，有的被附近的浪荡子弟纠缠不休，惹得周边百姓说长道短。为证清白，陈荷莲邀约同伴张秀莲到舍身崖上舍身。很多人前来看热闹。她二人在山顶焚香祷告后，就纵身跳下了悬崖。张秀莲当场跌死，陈荷莲却落在崖上一棵树枝上坐着，又回到了庵里，直活到九十多岁才坐缸化身，后人称她为"三尖（三角）山得道真静济世仙姑"，舍身崖也就从此出了名。

舍身崖东南有老龙洞，进洞口是横的，上镌"松结龙源"四字，出洞口是竖的，上刻"津液龙涎"四字。洞里流出的泉水像海水般咸涩，据说一天内分子时和午时两次涨潮，故称"子午泉"。常常有烟雾在泉水上面弥漫，更为人们增添了神秘的遐想。老龙洞另一侧有"革命洞"，相传既是红军游击时的藏身之所，又是刘邓大军南下后，曾经作为指挥所的地方。想想革命前辈艰苦卓绝的昨天，看看现在是理想的旅游避暑胜地、休闲疗养之所，同样令人感叹不已。

闻名遐迩的三角山就这样被我们征服了。随后，我们就向东北下山，一路看过很多景点，如欧阳修晚年来此留下的摩崖石刻、刘伯承留影的屏风寨、读书台、棋盘石、棺材石等，最后又经过我们上山时的那座聪明井，返回到风景区管理处门口。看看时间，是中午十二点半，整个登山时间，才三个多小时。

其实三小时是游不完三角山的。资料上介绍，这座山是鄂东名山之一，以其雄、奇、幽、秀闻名。著名的景点除三大主峰外，还有两大革命遗址、两大险境、两大古寨、三大古寺、四大古庵、四大古树、四大名洞、八大奇石。其中老鼠过梁、鹰沟峡谷、舍身崖、一线天号称鄂东四大险境。神奇溢彩的自然风光和令人遐想的人文传说，吸引了李白、杜甫、苏东坡、欧阳修、陆羽、李时珍、吴承恩、郑板桥等历代名人到此览胜探奇，或吟咏景观，或题诗作赋，留下了绚丽多彩的人文景观。革命战争年代，又是红军、新四军转战大别山的重要根据地，刘伯承、邓小平、徐向前等前辈在此留下了光辉的足迹。这一切，不是三小时的游览就能感悟得到的，但我今天最大的收获，在于一鼓作气，连续攀上三座高峰，而且一峰比一峰高险，居然没有非常疲惫和枯燥的感觉，反而愈来愈觉得心情畅快，思绪辽阔，彻底抛却了平日的孤寂和郁闷。此时记起一张报纸上看到的一首关于三角山的诗，很合我的游意，诗曰："笔架飞瀑涌文韬，刘邓挥麾武略谋。人生难得三级跳，一山更比一山高。"

青峰烟雨涤身心

布谷声声里，烟雨又一春。在春天的雨中看风景，感受就是不一般。我已参加了6届谷雨笔会，今年才真正尝到在雨中看风景的滋味。

4月19日，谷雨前夕，由鄂州市写作协会组织的一年一度谷雨笔会，在太和镇青峰公园举行。旅居鄂州十余年，曾自谓对这里的风物名胜比较了解，可是遗憾，我还真不知市内有这么一个美好的去处——青峰公园。

这天一大早，我们遵嘱到广电局集中乘车，前往青峰公园。春天的雨不大也不小，淅淅沥沥，把一路的远山近树，浇得青黛如墨、绿烟袅袅。到了青峰山麓，一行下车，开始登山。这座山并不高，没有悬崖峭壁，树木看起来也不多，但是，这是很秀润的一座小山，像江南的少女，婀娜多姿。山坡缓缓的，很柔和地沐着深绿，路上野花绚烂，灌木簇簇，增添了山的丰腴。我们走上山顶，从雨伞下眺望远方，烟雾迷蒙满眼春。山脚是一片一片的田园，阡陌纵横，像巨大的棋盘，而那一个一个小村落，点缀其间，犹如棋盘上的棋子，在流动的雨雾中忽闪着，感觉真是像"棋子"在缓缓移动呢，远看，更是心旷神怡，醉幻欲仙。东北一方有沼山、马山、龙山，群峰逶迤，峻岭蜿蜒，在那些山顶或山腰上，白雾缭绕，云天合一，我自己仿佛也站在白云之上，飘离了大地，飘离了尘俗，不禁惬意融融。看西南方向，则是一片明暗幽远的水面，著名的梁子湖像一块巨幅的布幔，遮盖了山下的半方葱绿，而且这布幔随风飘动，飘向无边的天际。那天虽有雨雾，已看不清水面上的渔舟，但总感觉云雾里似有片片白帆，正缓缓向天涯飘去。站在雨中的山巅，我有点恍惚，有点惊奇，这时的我，真正到了宠辱皆忘、烦乐不计、喜怒无存的境界，人生之幸，有几许如今天耶。

其实，在青峰公园，还有更妙的精神自我解放之处，那就是"清峰古刹"。据史载，清峰寺始建于西晋，自建寺以来，吸引了许多文人墨客、俊士名流，留有"唯有清峰寺，时时独去寻"等千古名句，今天，当我们走进那巍峨恢宏的大殿，拜谒那慈眉善目的佛塑，瞻诵那睿智深邃的联诗时，一种心灵的净化感油然而生。

雨中的青峰公园，到处是轻雾，"风烟俱净，天山共色，从流飘荡，任意东西。"这雨雾，有浓、有淡、有远、有近、有动、有静，观之在前，忽焉在后，绵延千里，充塞了天地。天地间的许多景致，在雨雾中是看不到了，虽说带些遗憾，却也有其妙处，妙在含蓄，妙在空蒙，妙在引发遐想。把这一方山水想象得如阆苑仙葩，自己也就幻化成仙了。身在奇山异水中漂游，心在大千气象里飞驰，这时，身心俱被荡涤一新，全无一点纤尘了。

面朝大湖，春暖花开

诗人海子的向往是：有一所房子，面朝大海，春暖花开。这么看来，我要比海子幸运。在我寄居住的这座城市里，素有"百湖"之誉，在春暖花开的时候，我采撷了一束束游湖的情思……

——题记

情漫红莲湖

人间四月天，情漫红莲湖。早听说千湖之省，红莲独秀，只是居住于嚣嚣闹市，沉浸于碌碌俗务，一直没有用一颗性情之心去欣赏它——尽管也曾去过那地方两次，才彻底地被这片秀丽的湖光山色所折服。

已是暮春时节，一些繁茂的花朵开始凋谢，但红莲湖仍被繁树鲜花所拥抱，有如被一块锦绣雕琢的相框镶嵌的照片，摆放在广阔的原野上。这是我从恒大金碧天下的高层建筑上看到的景象。到红莲湖，第一站就是到金碧天下园区参观。登上高层，极目远眺，好一派中国水乡园林绝妙景观。远处，小山如黛，湖光霞映，鹰翔水面，一碧万顷；近处，绿柳拂风，茂林摇曳，燕雀婉转，花香阵阵。此刻还不到开湖季节，几个农人在湖边悠然结网，他们的小渔舟静静地泊在湖畔，在等待今年的"处女航"。这充满灵性的红莲湖啊，展示着一种宏大之美，生命之美，青春之美，在这春汛时节的一种更可贵的宁静之美。伫立在这湖畔的小高层上，刹那间，说不清是我的心在收缩，还是在扩展，仿佛觉得我变得很小很小，我就是红莲湖岸上的一颗小小鹅卵石，享受着湖水微波涌动的抚爱。又仿佛感到我变得很大很大，我一张开双臂，就可将万顷碧波拥入怀抱。

红莲湖归来，眼前总浮现着那一片碧波，耳边总回荡着春汛的律动声，鼻子里也总嗅到湖畔的特殊气息。这是红莲湖的呼唤，还是天籁之声映入我的灵魂深处！红莲湖啊，你是江南历史的化身，是江南品质的象征，是江南力量的标志，是江南美的创造者，你是江南丝竹乐的绝响，你是江南水墨画的点睛。感谢你孕育出博大精深的湖泊文化，让我们在喧嚣的都市和钢筋混凝土化的环境中，幸遇到甘露般的心灵滋润；在追风逐潮和物欲横流的世道里，享受到宁静坦荡的心境；在熙熙名来，攘攘利往的人世间，拾回了属于自己的精神家园。人的一生中，会遇到许许多多的境界，而像红莲湖这样的境界，需要我们用心去体验，用神去品味的崇高境界，是不多见的。

泛舟花马湖

这个春日注定要留在我的记忆深处了，在花马湖上泛舟。

市里组织的一年一度的谷雨诗会，把我带到了这片鄂州与黄石两座城市共享的水域。已是暮春季节，花马湖似乎还刚刚从冬梦中苏醒，水面还浅，波浪不兴，没有扬帆的渔船，也少见织网的渔民。但是，春天的气息明显地氤氲在这片美丽的湖区。沿岸的柳树，甩下一缕一缕的绿丝，拂动地上参差的芳草，古槐上缀满白色花串，一团一团的，令人想起童年往事。阵阵轻风，掠过湖面，柔柔地扑在我们怀里，还带着淡淡的鱼腥味。

小船漂到一个岛边，领路人员带我们上去看看，他告诉我们，这个岛叫仙姑岛，传说何仙姑曾在此歇过脚的。我们兴致勃勃地在小岛上转了一圈，整个小岛就像一条静卧的鲢鱼，东高西低，略有起伏，特别是东边的"鱼头"，是一段悬崖峭壁，脚下水击乱石，白沫飞溅，岛上草树茂盛，鸟语花香。登上耸立在花马湖边的半边山，满脑子都是丰富的传说。半边山旁，有一座气势不凡的抽山，相传是当年秦始皇起兵的地方，始皇帝抽了一鞭子，便把一座大山劈成两半：一半留在这花马湖上，另一半随江漂流到镇江，据说镇江就有座与此类似的半边山，在那里坐江镇水。其实，这花马湖过去也是长江的一部分，是长江中游水系兴旺、鱼米富足的一段，到民国时期才筑堤围湖，使这片水系离开了母体长江。据说如今的花马湖水底还有堤有桥，过去这地方，一个宗族占据一片湖泊，养鱼植藕，恩泽一万，现在还有"李家挡""张家挡"之说。站在半边山上，湖区春景令人心醉。远处，浩瀚的长江苍茫一线，悬浮天际，临江的黄石城群楼片片，架塔林立，高高的烟囱上喷吐着缕缕青烟，随风飘荡。近处，花马湖集镇车来人往，机声轰鸣。脚下，仙姑岛躺在流水中，更像一条鲢鱼在缓缓游动。"鱼头"正对的另一个小岛——猫耳岛上，桃红柳绿，白槐簇簇，掩映着一个小小村落，村边的田地，小麦青青，油菜花黄，农人在水田里策牛春耕，几声吆喝，犁耙水响，多么令人陶醉的一幅田园风光。紧挨猫耳岛附近，还有一个更小的岛屿，那是一片被江流冲刷自然形成的沙滩，因远看酷似一只鼠仔，所以叫老鼠岛。老鼠岛上郁郁葱葱，蜂飞蝶舞，锦绣一般。给我们划船的老艄公袁师傅笑呵呵地说道："这只猫仔哟，前头想捉老鼠，后面想抓鲢鱼，多少年来多少代，就这么贪心地猫在这里，也不知它累不累哟。"

泛舟花马湖，我真正领略到醉人的湖光山色，聆听到飘摇在这片水面上令人向往的传说。片片感受，凝结成一种精神力量，我将这种力量与花马湖紧紧拥抱，多么喜欢这个湖泊啊，我喜欢她生生不息的品质，黑暗也罢光明也罢，曲折也罢畅达也罢，在岁月的漂流里都要冲向远方。我喜欢花马湖孕育的人们，勤劳朴实，乐观率直，胸襟坦荡，有着不断求新的精神。我喜欢这里的风，能拂去心头的燥热。我喜欢这里的水，能荡涤灵魂的尘垢。这是一条生命的激流啊，这是一片智慧的波涛，希望我的文字里，有花马湖的一片浪花在闪耀，在奔腾，滔滔不息，永无止境。

心仪梁子湖

谷雨时节，雨后初霁。沿九十里长港南溯，我走入心仪已久的梁子湖，踏上了神慕的梁子岛。风在水面着彩，鸟在礁石"点睛"，梁子湖的春色即刻铬满我的心头。

那些流传了多少年、多少代的故事，从前在祖母的念叨里，在厚厚的书卷中，今天终于来到了眼前，踏在了脚下，回旋在春天的涛声和鸟语里。吸一腔粘湿的雨雾，古朴的民风和温馨的乡意便饱胀心头；揽一怀淡淡的愁云，庄重的历史和鲜艳的时尚即挂满全身。

很久以前，这里就有善贤的娘儿俩，割股尽孝，舍己救人，周济众生，把华夏的美德凝结成洲，漫延成湖，长流不息。后来就诞生了无数的仁人志士，结义起义，御外击寇，保卫美丽的家园，把英勇的情节代代相传。后来，又有关绊马石、下马湖的古迹，有孙权操练台、远眺亭的遗址，言之凿凿，意之浓浓，绵延着三国中一个个悲壮的传奇。

后来有一种扁扁圆圆、头细身肥的鱼种，因为梁子湖水的哺养，生长成被吟诵千万年的武昌鱼，引得庾信、杜甫、苏轼、王安石、岑参、范成大等骚人墨客，一个个一群群慕名而来，于是有了一串串千古流香的诗句："还思建业水，终忆武昌鱼""秋来倍忆武昌鱼，梦着只在巴陵道""晓梦惊辞赤壁鹤，夜栖看打武昌鱼"。特别是一代伟人毛泽东的词句："才饮长沙水，又食武昌鱼"，把梁子湖和武昌鱼推上了极致。从此，这一汪清澈的水就渗透到中华八方，在众人的渴慕中荣享"天湖"的俊誉。

梁湖兮渺渺，梁岛兮依依。游兴刚刚泛起，黄昏又催我别离。暮霭的湖面上，渔舟缓缓游弋，夕阳挂在岛树上，染黄了古镇的石板街，渔歌飘飘曳曳，紧伴我跳动的脉搏。

儿时趣事一桩桩

洗冷水澡

我们小时候把下塘游泳，叫洗冷水澡。

我们山村的水并不多，就垮子前一口当家塘是最大水域。隔壁垮里有一个叫堰的地方，其实是供池塘排水的小涧沟。可不知为什么，洗冷水澡成为我们儿时最大的快乐。那时每到夏天，我们总爱跳到水里打鼓泅（一种狗刨式的泳姿），也没人教，就这么在水里自学成才。

大人们很担心我们玩水，夏天里，只要我们出门，家长总要嘱咐一番："莫去玩水哈！"在外面，只要有大人看见小孩洗冷水澡，必定大声呵斥，或赶紧告知其家里人。但是，我们的童心实在是经不起水的诱惑。稍一脱离大人们的视线，就往水里跳。首先，我们在堰里游，光着小屁股，两手扒在岸边，或撑在浅水滩上，双脚扑腾扑腾地在水面踢着，搅得水花四溅。后来，我们嫌在小水沟里游得不过瘾，也可能是游水技术长进了点儿，就跑到池塘里游。塘水清清，水面开阔，令我们游兴大涨。有一次，我正在池塘里游泳时，突然发现妈妈来到水边，吓得我赶紧往岸边游，不料心里一紧，呛了一大口水，哽得双眼直翻，妈妈并不知道我呛得难受，把我从水里拉起来，朝我屁股上狠狠拍了几巴掌。

我记忆最深刻的一次游泳，直到如今想起来还有些后怕和内疚。有一次我和垮里一群小伙伴在池塘游泳，我亲眼看见一个小孩号叫着往池塘中心浮去，他是仰卧在水面上的，两只手在水里乱拍，呈拼命挣扎状。平常我们小伢们玩水是不会游到池塘中心去的，那里水太深，都害怕淹着。这个时候那小孩的哥哥也在池塘边，见状便大叫着往池塘中心冲去，眼见得两个孩子都快被水淹没了，我都不敢叫唤一声，真吓傻了啊。幸好垮里有一位叫"细铁匠"的叔叔正巧来池塘边，他赶紧游到水中央把两个小孩都拖了上来。后来"细铁匠"和那小孩的妈妈一再责备我："你这孩子，怎么不晓得喊人救命啊？"事情传开后，我被家长狠狠骂了一顿。

但爱玩水的秉性难改，我们很快又纠集在一起往水里跳。玩水起来后，身上一晒就会有黑黑的泥沙痕迹，我们为了瞒过大人的检查，每次游泳回来，总是故意将一些泥土涂在身上，好让家长们看到我们身上脏兮兮的，不再怀疑我们去玩水了。就这样，我们偷偷摸摸而又放肆地游过一个又一个童年的夏天。由于不曾受过正规的训练，一直用的是那种打鼓泅方式，虽说难看一点，但却也不会沉水，而且游速越来越快。至今，我参加一些正规的游泳活动，仍然不时地用"狗刨式"来游。

打卯

说真的，我至今还没有搞懂，小时候为什么要把这件事情叫作打卯，或者是打码。

那时农村柴火特别紧张，山上的树枝是集体的，田畈的禾稻是集体的，都不敢据为私有，农民一日三餐煮饭炒菜的柴火只能自己去捡。柴火稀缺成为乡亲最大忧虑之一。

故乡是鄂东一个靠山没有大山、靠水没有河流、靠田园又没有广袤平原的岗丘山村，为了备足柴火，每到农闲放假的日子，大人们都要结伴到几十里外的大山区里去捡柴，五更出发，带上干粮和水，黄昏回家，挑回一大担枯叶野枝。挑柴火的队伍浩浩荡荡，有说有笑，倒也热闹。而我们小伢们则每天放学后都要到村前屋后的山坡上捡柴，星期天更是成天待在山冈上。山冈上的树木是不能砍的，林子里的茅草早被挖净，我们只能用耙子，从山顶到山脚，再从山脚到山顶，一个来回一个来回地扒捡那些刚从树上掉下的枯叶。那时候我们家乡的山冈上主要是枞树，我们扒到的枞毛丝（干松针）最多。

日子虽清苦，但我们这群毛头小孩只要聚在一起，就会有无穷的快乐。往往各自去扒一会儿柴火，就聚拢起来做游戏，游戏五花八门，全是临时想出的点子，最有趣的就是"打卯"。

初冬的一个星期日，恰逢是一个月初，生产队放一天假，大人们到大山区去捡柴，我们小伢们自然又是到塆旁的小山岗上扒树叶。头一天，我们几个小伙伴就约到一起商量打卯，形成一致意见后，星期天一早每人从家里偷出一点干粮，比如豆子、花生、火柴、小铁锅，盐和开水也分别落实到人。

上到山冈，我们各占一方，使着劲儿扒柴火。初冬的天气，先冷后暖，太阳越来越火辣，快到晌午就要脱罩衣。每人扒了一大堆柴火后，便聚拢来打卯。首先把各人的耙子收集起来，放在一块平展些的空地上，搭成一个或者几个支架，在离支架一丈来远的地方，划上戒线，我们依次站到线外，分别投掷石头去打那些支架，谁把支架打塌了，或塌的支架最多者，就是胜者，胜者便获得每人拿出的一堆柴火，或者在下一步的聚餐中有优先权。

打卯活动时间可长可短，视各人捡的柴火而定，如果大家柴火充足，就多拿些出来"打堵"，如柴火不多，便停止打卯，赶紧去捡柴火，不然回家无法向家长交代。

打卯结束，余兴未尽，就以"加餐"庆贺。大家各自带着自己的东西到空地上，砌灶、架锅。灶一般捡石块来垒，也有就着坡地掏洞成灶的，再找些干柴点火，把豆子、花生放进锅里。大家兴致勃勃地忙碌着，待到袅袅炊烟升起，便你一把我一把地抢着往灶口里加柴火，火越来越旺，不一会儿就闻到焦煳味，原来只顾加柴烧火，没翻动锅里的食物，都烤焦了，但大家还是兴高采烈地抢着吃，吃得手上、嘴巴上、脸上全是黑色，衣服上也落满了炭灰。

太阳当顶了，看到山下的垮子开始腾起炊烟，我们便捆好柴火，用扒柄单挑在背上，下山回家。

偷蔗糖

在我小时候很少有零食吃，家贫买不起是个原因，乡下也没得多少零食卖。一个村只有一家代销店，里面只有砣砣糖、麻饼几样可算零食的东西。

一年到头，我们这些小孩子很馋，就想吃点甜的。偶尔有一两次挑货郎到垮里来，看到担子里有五颜六色的豌豆糖，真是垂涎三尺，又没有钱来买，便到处找些破尼龙纸，把平时积攒的牙膏皮、废电池都拿出来，跟卖货郎换一把豌豆糖，这已经算是很奢侈了。有一回我偷偷拿出家里收藏着准备换钱的鸡肫皮（过年宰鸡后，把鸡膝子里的一层皮扯下，中药铺里收购），到货郎那里换了点零食，结果被母亲发现，又打又骂，那货郎见状怜悯我，把鸡肫皮退还，还免费抓一把糖给我吃。

那时生产队也腾出一两小块边角余地，种上甘蔗，到冬天榨汁熬糖，按劳力工分比例分配给农户，以备过年时做成糖包，用作拜年礼包。我家是缺粮户，每年分不到一小碗糖，所以我很少有吃到蔗糖的记忆。

那是一个晴朗的冬天，我们放学回村，闻到一股甜香的味道，很受诱惑，连书包都没送回家，便寻味找到村头的队屋里。这是过去吃大食堂时期的大锅房，废弃多年，平常存放生产队的家具，到熬甘蔗糖的时候，就打扫出来熬糖。看见锅里翻滚的红糖，我多想尝一口啊，可这时生产队的副队长进来了，拿起一根棍子，把我们赶了出来。连看都不让我们这些小伢们看。当我跑出队屋准备回家时，一个小伙伴兴奋地在我耳边说："晚上我们去偷糖吃！"我吃了一惊："怎么偷得到呢？晚上会锁门的。"小伙伴得意地说："我刚才都看见了，熬的糖水都倒在大门旮旯儿的水缸里了，那个门框有缝隙……"

晚饭后，等天完全黑下来，我从家里拿一根棍子，同那个小伙伴一起来到村头，这时队屋已上锁，里面一片漆黑。我们把棍子从大门的缝隙里插进去，正好探到那口水缸里，再抽出来时，棍子上便沾上一些蔗糖，我们便抱着棍子嗦糖，就像啃一根大大的棒棒糖，那个甜滋滋的味道，渗透全身。

　　小孩子家毕竟藏不住秘密，喜欢找同伴共享快乐。那晚我们又找来几个伙伴一起来分享甜蜜，结果第二天就被副队长知道了这事，也可能是那门框上沾满的糖迹让人发现，也可能是某个小伙伴告密，总之我们被家长训了一通，这还不重要，重要的是，那口水缸被移走了，我们再也吃不到特大号"棒棒糖"了。

向往绿军帽

我十八岁那年，一直梦想能拥有一顶绿军帽，为此我特意到县城照相馆拍了一张带军帽的照片。

人民解放军向来受人尊敬，我们这些农村青年，都以拥有一顶军帽为荣。街上也有卖仿制军帽的，一样的颜色，一样的款式，但那做工与部队配发的军帽相比，明显逊色。所以，哪户人家有入伍参军的，总少不了受人千嘱万托，要求帮忙弄一顶军帽回来。男孩戴有帽檐的，女孩戴无檐的，虽然被卸掉了帽子上的红五星（因为有规定，不是现役军人不能佩五星），戴在头上，仍然显得男孩子英武潇洒，女孩子飒爽娇媚。我当时是高中毕业的回乡知青，用现在的话讲，正是时髦一族，每当见到那些戴军帽的同龄人打眼前走过，那种心痒的滋味，简直无法形容。我也曾买回一顶"水货"军帽，但戴在头上，总觉得差味，朝思暮想的是哪一天才能有一顶真正的军帽戴在头上。

正好这年我的一位细叔从部队回家探亲，我赶紧跑到他家，缠着要借用一下军帽，终于被同意借戴两天，便乐得心花怒放，戴着军帽满乡跑还嫌未过足瘾。元宵节这天，我拉了同塆里的好伙伴建华，赶了二十多里路，到团风镇里的照相馆去照戴军帽像。那时好一点的照相馆都叫东方红照相馆，里面都有一个木格式的橱窗，橱窗后面挂着彩色风景画，我们站在风景画与橱窗之间，摆好姿势，任照相师傅在对面用三脚架上粗重的照相机，给我们拍摄。陪来的伙伴当然也不是"无偿"的，也提了要求在先：把军帽借他戴着照一张。因而，这样的照片当时是一套两张，一张是笔者戴着军帽，一张是同垸的建华戴着军帽。我们拍照之后，意犹未尽，同伙伴一起在街上招摇过市，兴高采烈满街跑，竟还惹出一场麻烦。镇子上有几个小青年围过来，缠住我俩，强要借军帽去过个瘾。我当然知道这肯定是有借无还，心想遇到抢劫军帽的了，就把军帽紧紧攥在手中。双方发生了好一阵争执。幸而这时过来一列舞龙灯的队伍，当中有一位领队是附近的文化干部，我曾同他一起参加过文化活动，彼此还记得，此时我求助于他，才让这顶军帽逃过了一劫。

刻蜡纸

嗞嗞嗞，铁笔刻写钢板上的蜡纸的声音，充斥着我青少年时期的亢奋与疲惫。直到今天，只要听到类似的声音，便会触及我心灵最柔软的地方，震颤得久久不能平静。

最早听到这声音，大约是读小学四五年级的时候，我也就十一二岁的样子。暑假期间，学校选拔一些少先队员，当农村"双抢"宣传员，我是第七生产小队，也就是本人所居垮子的宣传员。每天要把本垮的好人好事写成报道稿，连同小队会计统计的生产进度表，一齐送到大队宣传部，由宣传部编印成小报，再发给各队宣传员，用土广播巡回宣读。小报是刻成蜡纸后，用老式油印机推出来的，我们学校的高校长便负责刻蜡纸。每每看见高校长穿着背心，伏在桌上全神贯注刻钢板的样子，我总产生一种敬仰的心情，那嗞嗞的刻字声，久久吸引着我，我多想亲手刻写一张蜡纸，出版一期自己编印的报纸啊。

最早尝试刻字，是偷偷的玩耍行为。刚上高中的时候，我常去在公社卫生院工作的表哥那里去玩。表哥是制剂师，他制出的药剂灌注到小玻璃瓶内，用酒精炉将玻璃瓶烤熔封口，然后在瓶子上印上名称、剂量、批号等字样。这些字样先用蜡纸刻写好，把刻好的蜡纸覆盖在蓝色印泥上，将小玻璃瓶在蜡纸上轻轻滚动，字迹便清晰地印上了。表哥在场的时候，他刻写，我帮他往瓶子上印字。有一回表哥有事出去了，我便悄悄地拿出一张蜡纸，铺在钢板上，用钢针笔依照表哥的字迹，刻写一份，印到药剂瓶子上。也许表哥太相信我了，他回来后，居然没有看出破绽，末了还是我主动交代，他才批评了我，并讲到药剂名称的重要性。我脸红透了，一声不吭。表哥看我这样喜欢刻字，就另外拿出一套刻写工具，叫我刻着玩，还拿出一些废弃的药剂瓶，让我刻上自命名的药剂名，这些小瓶子被我保存了好多年，直到搬家时才丢弃的。

我的刻写编印活动高潮，在 20 世纪 80 年代初期。那是一个文学复兴的年代。各地文学社团如雨后春笋，层出不穷。那时，我在一所农场学校当老师，因为业余喜爱文学，小有名气，被区文化站看中，把我纳入民间文学社团负责人之一。当时刚刚拆社并区，我们公社改叫回龙山区，我们文学社就叫龙山草文学社。文学社吸引许多业余作者参加，稿件像雪花似的传来，但那时条件艰苦，既无经费又无人力，一个季度（有时半年）才出一期刊物。作者的稿子收来后，由站长刘汉斌和我编辑修改，刘站长的字画均好，主要由他用铁笔在蜡纸上排版、刻字、插图，然后，我们两人一起动手油印、折叠、装订，每出一期刊物，都累得腰酸腿软胳膊疼，几天都不能恢复。

油印机是区委办公室里淘汰下来的老式油印机，先是放在区文印室，考虑到每次要印到很晚，老去麻烦人家开门也不方便，就搬到我的单身宿舍。出刊的时候，刘站长把刻写好的蜡纸拿过来，他往油印机模子上的纱框贴蜡纸，我就在手动推子上醮抹并调匀油墨，蜡纸贴皱或油墨不匀，都会造成有的字没印出来，有的却成了一块墨团。一切调整好以后，我俩一人负责油印，即左手扶着模框，右手拿着推子，使劲推墨辊，一人负责把印好的纸页一张一张取出来，小心翼翼地摆在一边，让刚印出的字晾干。如此反复，分工合作，待一人操作累了，便两人调换操作，当所需要的数量印制完毕，大多已是凌晨。每出一期刊物，都忙得我们手上、身上都是油墨。虽然艰苦，但充满着快乐与成就感。那种油墨气味，至今飘散在我的脑海。

有一次，我和刘站长正忙着油印，到半夜时分，突然有人敲宿舍门，打开一看，是派出所民警来了。来人一脸严肃，斥问我们在干什么。原来他们奉有公命，说近来有小青年聚众收听邓丽君的靡靡之音，要收缴相关磁带和录音机。我的宿舍也正好开着收音机，是收音机声音和夜半的灯光，使他们怀疑。当他们了解到我们是义务为业余作者付出辛劳时，民警非常感动，还说自己也爱好文学，也要加入文学社，要给刊物投稿。这场由抓捕变为文友的情节，后来写进了好几个作者的文字中。

我们的油印小刊在全区流行开来。看到区领导都在捧读自己印制的小刊，看到业余作者脸上露出的笑容，便有了与大家一样的快乐心情，我们在艰辛中收获着成功的喜悦。

如今是再也看不到那种手推油印机和油印的刊物了，我的房间书柜里不断地增添崭新的色彩缤纷的新书刊，那种淡淡的书香墨味，不时地陶醉着我，让我回想起那些与蜡纸、油墨亲近的日子。

攒下肉票

冬天的早晨薄雾蒙蒙，哈一口气就是一缕白烟，我随着大人走在去小镇子的山路上。今天是农历十五，是镇子上的食品所卖猪肉的日子，我们去买肉回来做饺子吃。

那个时候，农村习惯按农历算日子，每月初一和十五两天供应猪肉，但要凭票购买。我们家有的是肉票，因为祖母和母亲勤劳，喂养着一头大肥猪，卖到公社食品所后，只提回一点猪下水，猪肉却舍不得买，所以家里积攒有不少肉票。队里许多人就到我家借肉票，说是借，有借无还是常事。不还也算了，反正放在我们家，也没钱去买。

翻过两道山冈，走过三道田冲，才远远看到离我们家最近的那个小镇子——夏舖河镇，看到镇子有一个旗杆上飘着小红旗，那是食品所正在卖肉的标志，这面小旗子，给我疲惫的双脚陡添力量，我捏了捏手中的肉票，飞快地往那里赶。

那时正是长身体的年龄，很是能吃、能穿。但买什么东西都得凭票：做衣服要布票、改善生活要肉票、连买点红糖也要糖票……各种各样的票证有好多种。幸好农村人除交了公粮外，还有点自留口粮，像城里人，还要有粮票、食油票、香烟票、鞋票、杯子票、脸盆票、热水瓶票等，许多票靠运气才能拿得到。那时一张票的作用也许比现在的一叠现钱还重要，而在我的印象中，最深刻的就是肉票。

肉票在城里是隔月作废的，在农村，只是在生猪时，才一次性地给一些肉票，这票可管一年。可是乡下人哪里买得起这许多猪肉呢，有的人家一年到头也就买那么两三次肉。我们家在垸里应算是买肉次数多的，因为我父亲在外工作，每月领工资，可节省点现钱拿回家，每月给家里买一到两次猪肉。多了买不起，就买上那么几两一斤的，拿回来切碎剁泥，多兑些韭菜、萝卜，做成肉馅，用面皮包成饺子，这样一家七口人才能都吃上一点。

我在家里的孩子中是老大，独自一个人去买肉是很少的，因为离镇子太远，又是山路，大人们不放心，所以主要是靠叔叔去买，有时我跟着他去。

为了买到这么几两或一斤的猪肉，我们可没少吃苦。几乎都是在头一天起得很早，赶到镇子上去排队，往往等待买肉的人已排了很长一支队伍了，食品所还没开门。有时我们站得受不了（特别冬天或酷暑），就捡一块砖头或者一根木桩什么的，排在那里占位子，自己在一旁坐一会儿，还要隔会前去看一看，怕被别人抢占了。这在当时成为一道独特的风景线。

等候买肉的队伍越来越长，食品所营业的小窗一开，队伍开始骚乱起来，特别是一开始时就更乱套了，完全是凭着谁的力气大谁就挤到前面。我经常是被挤出了队伍，又得排到了后面，有时等排到自己时，哟，肉卖完了。没办法，只有等上半个月后，再来排队。

那时买肉都想买些多带肥肉的，因为肠子里实在是没有一点油水。可就因为平时沾不到油腥，真正吃到的时候，很容易闹肚子，白吃了。不过那时人的体质没现在这么弱，拉肚子再厉害，炒一点糊米，泡泡水喝就没事了。然后又开始想吃肉，就连睡觉都想着那肥腻腻的肉。

蓝色的回忆

　　我念初小的那两三年，学堂设在一间宽敞却十分破旧的大队礼堂里，用篾席隔成四间教室，一二年级合在一间，三四五年级各占一间。每到上课，讲诵之声相闻，搅成一片。老师们只好相互商量，这个年级安排讲课，那个年级就安排作业，至于朗诵课，则全校一齐上。

　　那时我们写作业，流行用钢笔，低年级的同学也丢了铅笔用钢笔。倒不是讲排场，原因是墨水（那时我们叫靛水）很便宜，比用铅笔或圆珠笔划得来。随便捡一点破布烂铁尼龙纸，就可在小货郎担上换回一包蓝色颜料，一包颜料可溶化好几瓶墨水，够用一年半载的。有些同学把墨水瓶放在家，有些同学就搁在教室里。钢笔干了又没带墨水来的，就向别的同学借。借墨水时，就拧出笔胆，一滴一滴的挤出来数，借几滴，以后偿还几滴。有一回我发觉几个女同学在一起对着我横眉冷眼儿，好像在嘀咕我的坏话。后来才知道，是我曾借了她几滴墨水，一时忘了还，人家想讨要却又不好意思，不讨要心里又别扭。

　　同我一个塆里有位同学，大我四五岁，上五年级，在学校里是老大哥了。一次全校学生正在安静地写作业，突然听到他大哭大闹起来，声音十分骇人，把全校的课堂秩序都扰乱了。我们都挤到他的班里看热闹。原来，这位大同学忽然发现自己墨水瓶里浅了一点，便料定是谁偷了他的墨水，痛惜加愤怒，他就大闹课堂。我见他近乎发疯的样子，抓住谁就说谁是强盗，扬手要打，只有乖乖给了他几滴墨水，才被放过。我们都被他这样子吓坏了。

后来在放学路上，我看见他走路一颠一颠的，十分得意的样子，红肿的眼里含满了笑，还哑着嗓子说："今天我这一闹呀，赚了半瓶多靛水，真叫过瘾咧。"当时我们谁也没有嫌弃他，有的甚至羡慕他有心计，不吃亏。

许多年过去了，我至今眼前还常常浮现他满手蓝色、一脸泪痕的样子。现在的生活好了，不用说墨水不算回事，就是一支钢笔，弄坏一点，就甩了再买新的，谁会想到要去修理一下呀，况且市场上也没有修钢笔的艺人，商店里也买不到配件。可是我总是不曾忘掉，那曾经有过的苦涩过去。不尝苦涩，难知甘甜，忘记了苦涩，也就容易丢弃甘甜。

收藏快意人生

我与烟标收藏，有一种不解之缘。

20 世纪 70 年代的中晚期，我在乡下的一所小学教书。看见有些孩子用厚厚一摞香烟盒子装订成草稿簿，只觉得这种簿子五彩缤纷，新鲜有趣，就提出用信笺或崭新的笔记本跟那些孩子交换。

我把那些烟盒捧在手上反复翻看，欣赏，就想到一计，按上面的制烟厂名称，以地区分类装订，岂不就是很漂亮的地理图册？我在这样做的过程中，产生一种搜集香烟盒子的癖好。我把重复多余的烟盒，再给同学生们交换，还发动大家帮我搜集。其时我也就十五六岁，十足的"娃娃头儿"，跟学生们当然很玩得来，一时间，我的烟盒源源不断。

有了一种爱好，就有一种动力。我其实是不吸烟的，但对烟盒子特别钟情。看见别人掏烟抽，就睁大眼睛瞄那烟盒子，有时还傻乎乎地向人家讨要，根本没想到顾面子什么的。走路时，眼睛像寻宝似的盯在地上找，发现有丢弃的烟盒，只要是自己没有过的，那不用说，便顾不得什么场合，也无论那烟盒被踩得多烂，总要拾起来。为此，不知受到多少奚落，落了多少难堪。有一回，我到县城黄州办事，看见大街上有一个烟盒，便弯腰去捡，突然感到后脑勺被人猛击一掌，抬头一看，是两个小青年。他们都是长头发，戴墨镜，穿着喇叭裤，其中一个还提着收录机。我知道碰上"小混混"了，但又不知所为何求，只是呆呆地站在那里。"你捡的什么？给老子拿过来！"听他们这一说，我才明白，他们是以为我捡了个大元宝，要抢劫。我连忙把刚捡起的烟盒子递过去，他们一看烟盒脏兮兮的，空空如也，一下子把烟盒摔到地上，嘴里好像骂了一声什么话，便走远了。还有一回，我路过一座公路桥，看见桥边有一个烟盒，快被风刮到桥下，便赶紧去抢，不料挂在上衣口袋的钢笔滑到桥下，被水流冲走了。当我展开那个皱巴巴的烟盒，发现是一个自己已有的品种时，不禁叹息这次有点得不偿失。

其实，得与失是相对的。我觉得从搜集烟盒的行为本身，所获得的乐趣是无比的。每当我得到一个新的烟盒，特别是经过波折后终于获得的，便有一种特别的快乐；每当我整理、分辨烟盒时，一种难以言说的兴奋伴随始终；每当我打开那厚厚一本分类收藏册，更有一种愉悦和欣慰充满身心。有了这种爱好，我的日常生活丰富起来，我的人生充实多了。

1983年夏，我离开从教六七年的民办学校，到粮食部门工作，这时我收集的烟盒有近千枚了，并依烟厂的地名，按各省市区分类，分别夹放在厚厚几大本图书中。我把这些收藏册，一部分放在农村家中，一部分带到单位宿舍，在空余时间，反复把玩。那时的基层粮站在乡村小镇，经常停电，更不用说有电视看了，烟盒收藏伴我度过无数寂寞和空虚的夜晚。兴趣所致，还写过烟盒上所标地区特色的小文。

20世纪80年代中期，我曾抽选到县粮食局"理想之光"演讲报告团开展巡回宣讲活动。闲暇时与同伴们逛街散步，每每见到了地上的烟盒，仍不免下意识地弯腰去捡。时间一长，他们也不笑话我，还帮我捡烟盒。这却成了我的一个特征。有次局里一位老领导表扬我时，记不起我的名字了，就说"那个捡烟盒子的孩子"，引得大家当场一笑。

那些年，我在基层粮站和县粮食局两地间跑来赶去，有时还到省城出差，居无定所，存放在农村家里的烟盒损毁不少。我家的房子当时建在一个湖区，是围湖造田改成的新农村，空气湿度大，每个夏季都发大水，有时淹进房间，烟盒子首先着潮。须晴日搬到室外晾晒，又被风刮飞。湿后晒干的烟盒纸质变脆，一摸就破，所以损毁不少，很是痛心。后来，我家搬迁到镇子上，住上了楼房，可这时我的那些值得"进城"的烟盒已不到一半之数了。在小镇上住的是公房，一大家人住两通间，特挤，我的烟盒被堆放在床铺底下的一个角落，潮侵尘染，加之我在外面跑的时间多，慢慢把集藏烟盒的爱好淡薄了。以至有一次回家，看见母亲把一摞一摞的烟盒丢进灶膛当引火柴，我也不去阻止。我的烟盒梦，我的收藏史，就此结束了。这时大概是20世纪80年代末期。

生活总是出乎意料地循环往复。1995年，此时我已调到鄂州市，因为工作的关系，认识了一位朋友叫司晓，得知他们正在筹备成立烟标协会，他是个热心人，知道了我曾有过收集烟标的经历后，就反复劝我"东山再起"。可我一想起那段经历就心酸不已，对于烟标我已是"一贫如洗"了，哪有脸面见"标友"。因此，不管司晓兄怎样邀请，我始终没有迈入他们的"门槛"。此后，"烟协"也因种种原因而中断了活动。

弹指一挥间，新世纪的阳光普照大地。鄂州"烟协"不仅恢复了活动，而且超常规的发展，成为这座古城最有影响的民间收藏组织之一。他们的精神使我感慨不已，曾经的爱好和梦想令我"蠢蠢欲动"，我不能这样"沉默"，我也要有所行动，因此，借去年的烟标展之机，跨入了"烟协"的大门，并将自己对烟标的历史特性研究，组集了一框《烟标见证历史》专题，还获了个市级二等奖呢。

　　我的烟标收藏经历，断断续续，曲曲折折，但正因有了这经历，我的生活厚实起来，我的朋友多了起来，我的快乐常伴。

书痴百味

古人说："人生百病有已时，独有书痴不可医。"我就算是这样的一个书痴。我这个书痴，尝到了读书、购书、藏书甚至于写书的各种滋味，有苦涩，有甘甜，这书痴百味，自小开始，长大依然，将来也不会改变。

最早迷上书，是受父亲的影响。父亲年轻时在乡政府工作，空闲时常买些书看，看完后便随手丢到一只没有盖的小木箱里，那时候我大约七八岁，先是翻出里面的画册来看，却惊奇地发现，书中的世界奇妙无比。慢慢就去读一些"大书"。小学还未毕业，我就已"啃"了《烈火金刚》《卓娅和舒拉的故事》《钢铁是怎样炼成的》《红岩》等书。父亲对我看书的爱好很鼓励，他说"书才是真正的财富"，这句让我刻骨铭心。可惜那时我不懂得保存这份"财富"，那没盖的小木箱里的书，随意地让别人拿走，慢慢地也就所剩无几了。已染上书瘾的我，没有很多书可看，急得不行，就设法去买书。那时家里十分贫困，哪里有钱给我买书？于是，我就趁着家中卖了大肥猪，向父亲提出买书的要求，有时谎称是学校统一要求买的。手中有了十几册书，不仅可以反复阅读，还可与同学们交换着看。有的同学对书不大在乎，将我的书还给我，他的书也不要了，我就把这些破损的书用米饭粒粘好，珍藏在我自己的小书箱里。

成年以后，我的生活虽然颠沛流离，但看书、买书的爱好始终保持着。我曾在一所农场当民办教师，那时民办教师的工资由场部统一发放，但公社文教组每月给民办老师补贴几块钱，作书报资料费。首先是三元，又五元，继而八元。别的教师用它买烟抽，买生活品，我却把这笔钱全用来买书，还自贴很多钱。那时我特意订了一份《书讯报》，看到有喜欢的图书出版，就想尽办法把它购回。这样一来，我的屋子里就有了一排排一摞摞的书，渐渐地，显得有些壮观了。

书的存放是一大累。我家曾搬迁到一个湖区农场，这里年年闹水荒。每次大水到来之前，我最担心的，不是怕损坏了贵重家产，而是怕浸坏了我的书，凡是屋里的"制高点"，几乎都要被书占领了。我正式招工后，工作岗位变换得频繁起来。每次搬家，我的首要任务是清书、装书、搬书，到了新住处，首要任务是拆捆、清书、摆书，哪怕忙到凌晨，腰身酸胀难忍，书不摆好不罢休。我调到县城工作的那几年，住个十平方米左右的宿舍，家具都没处摆，更谈不上造书柜了，只好把图书分别存放在几个地方，丢损颇多，十分可惜。在一个天气晴好的假日里，我将受潮的书搬到屋顶去晒，一下子被风刮走不少，让我着实伤心了好一阵子。

20世纪90年代初期，我调到一座中等城市工作，分了一套略为宽敞的住房，这才有了一间完全属于我的书房，于是赶紧做了三乘大书柜，宽占一整面墙壁，高接屋顶。我把所有的书摆了上去，编号造册，数一数竟有近三千册，一股兴奋立即涌上心头，就像一个守财奴，看到了自己慢慢积累的一笔较可观的财富。

如今去买书，远没有过去那份潇洒。书价连年翻番，同一版本的《红楼梦》，十年前才三元多钱，现在是四十多元了。我的收入不多，工资是要养家糊口的，仅靠一些稿酬购书，自然十分有限。每次走进书店，看到包装漂亮的书，非常想买，但摸摸羞涩的口袋，这心里的滋味，无法形容啊。想起过去的一些同事、朋友，他们顺应潮流，下海淘金，倒手赚钱，不少已成为"大款"。他们有的一掷千金，眼都不眨，高档用品，一应俱全，妻子儿女，披金戴银。而我呢？仍是一介寒儒，满身酸腐，常常为凑不出百来元的书款而遭营业员的白眼。但是，我痴心难改，魂迷心窍，对于太心爱的书，节衣缩食还是要去买回来。一次去书店，看到有几本岳麓书社出版的古典名著，我正好在配置这种版本的"文库"，就迫不及待地让营业员打包，可在付款时，搜尽了身上的现钱，仍差十几元。情急之下，我央求营业员给我留着，自己马上拿钱来取。我一口气赶回家，从妻子口袋里"抠"出这个月的生活费来，终于把书全买回了。

"书卷多情似故人，晨昏忧乐每相亲"。当我烦闷时，到书房独坐，心境豁然开朗；当我困倦时，凝视满满的书柜，顿感神清意爽。一旦新书到手，总要放在枕边亲昵一些时日，这已成为我生活中无与伦比的享受。我常想，我虽然没有几位数的存款，但这书架上的几位数的藏书，足能抵得上许许多多的存款。"书才是真正的财富"，我父亲对我说的话，我将要一代一代地传给子孙们。

可是，在一个静夜里，我反复回味着白天和同事们议论的一件事：单位有个下属公司，进了一批小霸王游戏机，十分畅销。现在的小孩子，一放学就迷恋游戏机，连我那六岁的儿子，也曾向我讨要："爸爸，给我买个游戏机。"想到这里，我的心底生出一股悲凉和忧虑：我的孩子长大后会不会对读书不感兴趣呢？我父亲的那一句"书才是真正的财富"的教诲，已融进了我的人生，而我的孩子能理解我留下的这笔"真正的财富"吗？他会不会当成废纸，论斤卖掉？那么，我毕生苦心营造，并引以为荣、为乐的一点"业绩"，岂不付诸东流了？

　　这样一想，我不禁感到茫然。

书缘缕缕

　　静静的夜晚，借一窗银色的月光，伴一室淡淡的书香，倚伴书柜，轻抚卷册，把品书味，心中顿时饱胀着喜悦与畅朗。这一夜，梦也会很甜很甜。

　　小时候就喜欢书。记得当年在故乡的小山村，我拥有的书，是全村小伙伴中最多的。这不仅有赖于父亲给我留下的一木箱子书籍，还靠自己用积攒起来的零花钱，买回了一册又一册小人书。每当有小同学到家里来借书时，我总是热心爽快地打开自己的书箱，我赠书时的那气派、那心境，全然像是一个大富豪。自己当然更是不舍昼夜，把卷玩册，被人称为"小书呆子"。那时候天空很蓝，风儿轻轻地吹过来，梦中也会吟出"流连戏蝶时时舞，自在娇莺恰恰啼"来。

　　伴着年岁的增长，我的书瘾也渐渐增大。别的爱好提得起放得下，但只要走到商家的书柜前，这脚下就像生了磁极一般，一步也挪不动了，接过营业员递来的图书，指尖轻轻掠过封面时，是一种迷醉的心动。从小人书到大部头，从单册到成套，一册一册渐渐充实了自己的房间。先是书箱，后来是书架，一层层往上摆，每买进一本新书，都有接进一位新娘般的激动与豪迈。

那时住在农村的土坯房，房子不窄，但条件有限，不能专门弄一间书房，所以我那时总在做着一个梦——书房梦。我想象着我的书房并不要多大，但一定要摆上书柜，柜子里是满满的书，在忙碌了一天的身心之后，于夜静时依书而坐，同古今中外的名家大师拥怀交谈，与书中的有趣人物窃窃私语，定是一种恬适的心境，灵魂的升华。

参加工作之后的好些年，仍然是为居室发愁。我结婚的时候，还只住着单位的一间见方斗室，那个书房的梦，似乎越来越缥缈了。直到孩子快四岁了，才分得一套两室半一厅的房子，虽然面积并不大，但此心足矣。于是赶忙设计布置书柜，把自己散放在各处的书籍集中起来，竟使得书柜里"座无虚席"，还在桌上码了一摞。这样，在我的小家庭里，其他地方是寒酸的，但书房壮丽辉煌。每天一家人晚归之后，无论怎样疲惫，都要走进书房，默默地品味书香，有时读到精彩之处，夫妻俩共享其乐，连幼小的儿子也十分开怀。书籍相伴我们走过了一个又一个美丽的日子，小家庭的生活，因为有了书，才无比幸福圆满。

坐在书房中，把品书味，思绪便如野草般疯长和蔓延，撩起喷薄似的力量和创造。我常常想，大千世界，芸芸众生，生活方式多种多样，可为什么读书才是全人类的共同愿望，而许多人以此为毕生的追求？也许因为书籍是维系和沟通人类情感的信息码，是激活人们对生活理解、热爱和眷念的源泉。人们通过读书，感受文化信息对心灵的抚慰，接受知识火焰对人生的温暖，补充现实生活中因缺乏知识而呈现的虚弱。所以我认为，读书是最高尚的生活方式，是最富魅力的人生乐章。通过读书，又常常激起自己创造的欲望，于是荷笔当锄，躬耕方格间，在精神家园里播种收获，并且出版了自己的文章，走进了作家的行列。这时我感觉到，写作是读书的又一种形式。读书时与古今中外的作家们交流感情，引起了自己对生活的深刻认识，于是就以写作为打开人生奥秘的金钥匙，借助笔来诉诸发现、宣泄情感。说不定若干年以后，又有读书人与我不期而遇，解读我在书中编就的一组组生命的信息，或许还产生了共鸣并引为知己，这不就超越了生命，超越了自我的美妙境界吗？

书读得多了，在走过了一段长长的书旅后，我慢慢懂得了放松自己的道理，人世间物欲的诱惑、浮躁的侵蚀、世俗的熏染，在读书人面前变得不堪一击，拥有的只是"采菊东篱下，悠然见南山"的心境。岁月如梭，人生似旅，走进书房，便是走进了人生的桃花源。

夕阳芳草都是诗

　　第一次发表诗很偶然，那一年我十八岁，正在家乡的小学校当一名民办小学教师。早晨，走在上学的田埂上，清风扑面，草露沾衣，不觉有所感触，当即想出几句儿童诗《风》：

　　风阿姨，真淘气，

　　总爱掀起我的衣。

　　我噘起小嘴要说她，

　　她忙叫草儿点头赔礼。

　　我把这首诗寄到上海《儿童时代》杂志社，不多时，收到编辑部寄来一封信，信中说："邱保华同志，诗作《风》拟采用。你如投了其他地方，请来信说明……"

　　我立即做了回复，同时又附寄了几首诗过去。过了一个月，就收到两本1982年第2期《儿童时代》（半月刊）样刊，上面发表了我的一组儿童诗，总题目为《风》。

　　这是我的诗歌处女作。以后对诗的兴趣越来越浓。

　　我是凭感觉来写诗的，有感而发，不作无病呻吟。读中学的时候，我替学校编宣传报，收到一些同学的诗稿，内容大气磅礴，我就对他们说："你们没有这样的生活，这不是自己的真情实感，不能算创作，只能算摘抄，诗要自己写，功要自己炼。"陆游诗云："汝果欲学诗，工夫在诗外。"这个"诗外"指的是生活。热爱生活，善于从日常中捕捉别人不易发现的"小"，从而以反映整个时代的"大"，我以为这才是诗人最基本的素质。著名文学家、《当代》文学杂志主编秦兆阳先生曾在写给我的一封信中谆谆教诲我："应该多从人生、社会、历史去开阔思路，向宽、深、厚、美去努力。"从此，我开始对现实生活进行深刻一些的思考，并特别注意捕捉日常生活中的瞬间感受，捕捉灵感的闪光。我的案头、枕边都放了小纸片，随身也总带着簿子和笔，一有感受，便记下来，这些东西虽原始粗糙，但多是生活积淀的爆发，通过形象思维，通过反复锤炼，往往可结成诗果。

　　我是生于农村长于农村的孩子，后来虽走出田垅，但常常对躬耕的老农产生无限崇敬，但提取笔来，却苦于表达不出这种感情。有一天我看见一群抬石头的老汉，每人腰间扎一根草绳，累得筋络突起，但一个个脸上挂着迷人的微笑，我震撼了，这天晚上，我一口气写出二十多行诗，题目是"山里人"：

> 巍巍群山造就你粗糙的摇篮
>
> 厚厚石壁烙满你蹒跚的步履
>
> 从缠树裹叶茹毛饮血的岁月
>
> 到垒石结绳刀耕火种的记忆
>
> 祖先啊祖先

你把思索和梦想溶进汗滴

祖先啊祖先

你把沉默和向往埋进土地……

诗家评论这首诗"有着非凡的力度，感情和理性达到了高度统一""给人以辽阔的思索感"。

扎扎实实地读书，不断扩大知识面，努力加强艺术修养，对诗歌创作至关重要。我的整个学生时代在校园里没有念到多少书，导致我创作上"先天不足"。为了缝补损失，加深自己的文学修养，我花了很大的精力读书，从 1982 年到 1985 年，我连续 4 届参加《鸭绿江》文学创作函授学习，同时参加北京语言文学自修大学刊授。这几年间我可以说是通宵伏案，闻鸡起舞。我节衣缩食地购回千余册书籍，像饥饿者碰到面包，拼命咀嚼。我特别喜欢李白、杜甫、李清照的诗词，同时，对现代诗人艾青、郭小川、舒婷、叶延滨、饶庆年的诗歌也读得如痴如醉。遨游书的海洋，提高了我对人生的思考能力和对生活的感受能力。

最初写诗，只为纯粹的情感需要，写来写去时间长了，诗歌对于我则成了一种难以言说的情怀。回顾反思，这些年来我写了一摞又一摞诗稿，虽然都是自己真情实感的反映，也留下了时代的足迹，但艺术概括力度有待提高，一些诗作缺乏巧妙的构思。今后，我要更加多读、多思、多写、多提炼，尽可能扩宽自己的视野，丰富自己的想象力，舒展现实主义与浪漫主义的双翼，在诗歌的王国里自由地翱翔。

浮生有闲尽读书

　　闲闲的假日，静静的夜晚，便是我自由驰骋的时光。躲开那些带着交易的请客吃饭，避去那些繁文缛节的公事，抛却心结，远离喧嚣，一个人躲在家里，泡上一壶茶，卧坐在躺椅上，捧着自己喜欢的文字，其身也爽，其心也爽。

　　或许是我个人爱好所为，我很喜欢徘徊在中国古典文学的书架前。倒不是因为我有多高的学问，也并非抱有什么怀古伤今之偏见，只是想在我国璀璨的历史文化中，找到几位良师，获得些许教诲。所以，在这里，不用拿书，只面对那一排排典籍，就像面对一位位先贤圣哲，浮躁的心瞬间宁静下来。我轻轻翻开书册，满纸的方块字都荡漾起来，于是我迈着从容的步伐，从千百年前一路走来。我默读着寓意深邃的先秦诸子，轻念着辞藻华丽的汉赋和魏晋美文，低吟着唐诗的繁华、宋词的苍凉、元曲的妩媚，咀嚼着明清别有韵味的小说，我的灵魂也在阳光下静静舒展。

　　滔滔长江，滚滚黄河，巍巍五岳，悠悠历史，煌煌华夏，泱泱吾国。五千年的风风雨雨，凝结成智慧的文字，轻轻地碰撞着我的思想。那浩渺书海中的每一篇文、每一段话、每一个字,如潺潺流水,流进我的心底深处,浇灌着我心灵的每一个角落。

在书的国度里,我享受她给予我的无尽乐趣。我幸福地在苍松翠柏环绕的杏坛和颜渊一起听孔圣讲学,"学而不思则罔,思而不学则怠";我欢欣地在滔滔的汨罗江畔,和屈原一起漫步轻吟"路漫漫其修远兮,吾将上下而求索";我兴奋地在菊花开遍的南山西畴和陶潜一起临清流而赋诗,"采菊东篱下,悠然见南山";我欢喜地在明月朗照的深山竹林,和王维一起抚琴长吟"明月松间照,清泉石上流"。

在书的海洋中,我撷取书给予我的睿智甘霖。我听到孔子的绝论、屈原的高呼、霸王的怒吼、东坡的绝唱;我看到张生与崔莺莺坚贞凄婉的爱情,梁山伯与祝英台生离死别的绝唱,俞伯牙与钟子期高山流水般的友谊;我读到陆放翁"心在天山,身老沧州"的感伤,苏东坡"会挽雕弓如满月,西北望,射天狼"的豪情,辛弃疾"醉里挑灯看剑,梦回吹角连营"的坚韧。"长风破浪会有时,直挂云帆济沧海",这是书教给我的自信;"非淡泊无以明志,非宁静无以致远",这是书教给我的淡然;"小舟从此逝,江海寄余生",这是书教给我的豁达;"到中流击水,浪遏飞舟",这是书给我的一种激情;"拣尽寒枝不可栖,寂寞沙洲冷",则是书给我的一种弥足珍贵的特立独行。"昨夜西风凋碧树,独上高楼,望尽天涯路",书让我看清了人生的方向;"衣带渐宽终不悔,为伊消得人憔悴",书让我对文学近于痴迷;"众里寻她千百度,蓦然回首,那人却在灯火阑珊处",书让我对人生有所感悟。读书,对于现代人的浮华和焦躁,永远是一片宁静、清凉、平和。

抚读沧桑，遍阅今朝，于浩瀚文学中追寻历史的足迹。一张椅，一壶茶，一卷书，我就这样在闲暇的日子里，游历中外，穿越古今，造访圣哲先贤，品茗百载流芳。

图书馆，心中永远的圣地

感谢市图书馆，给我戴上"骨干读者"帽子，让我参加骨干读者座谈会。我感觉，这是我最珍贵的桂冠，是我人生最大的幸事。这证明，我这个人还没有脱俗，还在大雅之堂门内，我的人生还有一定价值，我的生活还充满意趣。

我说了这些话，在时下许多人看来，可能认为是痴话、笑话，可能惹人嘲笑，甚至蔑视。是呀，在市场经济为主流的当下，人心浮躁，物欲横流，一切向钱看，还有谁向往图书馆这个清心寡欲的地方？有谁不去拼命赚钱而把时光用在读书上？

我们是一群与图书馆有着不解之缘的人。别人可以瞧不起我们不会赚钱，但没有人瞧不起读书这个行为。我们每个人都会在现实中看到这样的情景，越是那些书读得少的有钱人，他就越是希望自己的子孙多读书，因为他心里一定羡慕拥有一份读书心境的人。

图书馆是我们心中永远的圣地，我们这辈子是离不开她了。离开了图书馆，我们会倍感寂寞，我们会一无所有。这个世界上，人各有志，泡歌厅、酒吧，是一些人的生活方式；泡牌铺、赌场，是一些人的精神依赖；泡球场、棋室，是一些人的业余兴趣。而我们的闲暇时光，注定是要泡图书馆的。这没有办法呀，这是我们的宿命，只有在这片圣地，我们才精神抖擞，情绪高昂，灵感浮动，乐而忘忧。我们要是到那些灯红酒绿的闹场去，我们也只有看别人激情如火，而自己冷哉呆哉。

我并不是炫耀我们的业余爱好有多么了不起，而排斥别人的业余生活方式。客观地说，存在的都是合理的，每个人都有自己的生活追求，谁也没有权利干预和贬斥别人的生活方式。只是我要说，读书是永远的时尚，图书馆是最好的精神栖息地。就我个人感受，在这些年泡图书馆过程中，我得到了很多的人生收获，享受到不一样的生活乐趣，随意便可举出几个点滴来：

泡图书馆可以获得丰富的知识。在我的本职工作中，经常要借助相关法律法规或借鉴别人的好经验，去处理事情。而我所需要的这些信息，单位发的资料中没那么齐备，个人去购买，也没那个能力，而图书馆就是最好的资料库了。我经常在这个地方找到我急需的资料，解决了我本职工作中的大问题。在我的业余创作中，更是要有大量的书刊以资学习借鉴，这个问题只有图书馆才解决得了。比如，我搜集宋末道教首领丘处机的资料，就在这里查阅出不少宋末元初、蒙古时期的资料，特别是元朝初期的资料，因明初时期被人为损毁得厉害，所以很难找。而此时，市图书馆的老师们热情地帮我联系其他图书馆和书店，给我拓宽资料来源渠道。所以，市图书馆在知识上给我帮助最大。

泡图书馆可以结识很多的挚友。世界上多的是利益之友，而通过读书结缘的朋友，是最真挚、靠得住的朋友，也是最让自己受益的朋友。我在这里借书、读书时，结识了不少朋友；在搜集资料、交换学术意见时，我认识到全国各地的朋友，这些朋友是我宝贵的资源，是我一辈子的财富。

泡图书馆可以享受无限的乐趣。人是愁苦最多的动物。俗话说，为人不自在，自在不为人。每当我走进图书馆，倚靠在一排排书架前，身临一群认真读书的朋友之中，我就感到心灵的污浊涤荡一清，耳聪目明，全身舒畅，一读就是一整个上午或一整天，临走时，还要借上一两本带回家，放在床头，晚上睡前读一读，这一夜做梦都是甜美的。这种被美的享受所浸染的感觉，非爱书人无可言也。

泡图书馆可以参加有意义的活动。由于我爱泡图书馆，被这里冠以"骨干读者"，所以经常被邀请参加这里的活动。比如，我提出的对鄂州地方著作大搜救的建议，很快得到图书馆乃至文体局领导的高度重视，专门成立了大搜救领导小组，我被特邀参加大搜救工作专班，经过两年多的努力，搜集了大量的鄂州作者传记资料及其著作，成立了地方文献资料室，编辑出版了《鄂州著作人传》，评选出"鄂州十大藏书家""鄂州市读书标兵"。在这些活动中，不管对我的工作、学习、生活，还是对我的做事做人，都起到很大的鼓舞作用，让我受益匪浅。还有，我协助市图书馆组织了读书月活动、图书馆学会活动、读者讲座活动，我成为这些活动的积极分子，很有成就感。

泡图书馆可以成就丰富的人生。在直接成就方面，参与主编出版了《鄂州著作人传》《读书征文选》，社会影响很大。协助联络了百余位鄂州著作人，搜集近千种地方文献，结识了名流大家，丰富了地方馆藏，加强了读书人与藏书人之间的交流，更拓展了个人资源。在间接成就方面，我通过图书馆方面的指导帮助，写作发表了数百篇文章，出版个人著作四部，编著书籍、报刊七十余种。如果说，我在业余创作上还有一点点成就的话，那绝对是与图书馆的帮助分不开的。

我将会一如既往地泡图书馆，在这块心灵的圣地里用心耕播，用更大的成果来回报图书馆。

母爱如井

自从父亲那一天突然地远走以后，我的母亲就一天比一天苍老。看着老人家蹒跚的身影，我心里在想，这曾经是一位走南闯北、充满少女梦想的活泼身影，这曾经是一位紧随丈夫，充满活力与自信的身影，可如今啊，这身影却是那样的孤独与无助，颤颤巍巍，发丝如雪。

人生的磨砺和岁月的刻刀，把母亲逼至风烛残年，母亲的身影变化了，但不变的是她那伟大的母爱。

我曾读到这样一个真实的故事：一位母亲从外面回家时，发现六岁的女儿正攀着窗帘往外爬。母亲慌忙丢下手中的东西，拼命朝窗台下方跑去。孩子掉下来了，母亲正好接住了孩子，自己却重重地摔倒在地。事后，有人根据这位母亲当时的位置与窗台下的实际距离进行了测试，一个意想不到的结果出来了：母亲当时飞奔的速度，远超过奥运会百米速度。是的，母爱创造奇迹。

母亲是在苦水中泡大的，自幼丧母，刚懂事时被送到亲戚家寄养，实际上是去当小童工。后又随当兵的兄长走南闯北，颠沛流离，在大连读过书，在苏州学过徒，在黄石当过工人。年轻的母亲曾经放飞过许多美好的梦想，但后来还是回乡与我的父亲、一个乡政府的小职员成了家，生下了我这个长子之后，更是连城里的工作都放弃，一心在家务农和操持家务。坎坷的生活经历和杂陈的心路历程，使母亲变得寡欢与讷言，她与我们这些孩子的交流，虽然缺乏那些甜言蜜语，但却不少和风细雨。

20世纪六七十年代的故乡，交通闭塞，山贫水弱。在那个温饱都是奢望的年代，母亲像一棵生命的劲草，用柔弱的身躯为我们支撑起一方天空。当时我的父亲工作在外，家里一口锅吃饭的有七口人，母亲是这个大家庭里的顶梁柱。虽然年年是缺粮户，但母亲从不让我们兄妹四人辍学。我读高中的时候，在校寄宿，母亲知道学校伙食差，总是要我多带些米、菜到学校，每周还给我五毛零花钱。这个标准在现在算不了什么，可在那八分钱一个劳动日的时代，简直就是天文数字了。母亲能够给予孩子们这些，该需要怎样去省吃俭用啊。我上高中的时候，因学校经常搞劳动，我很反感，说了不少消极的话，被老师告到家里。我吓得半个多月不敢回家，怕被母亲责骂。有一天傍晚，我刚从外面劳动回来，被隔壁班的范老师叫到他的宿舍，范老师告诉我，母亲上午到学校来了，因为我们全班在外劳动，就找到他那里去。母亲详细地打听我在校的情况，恳求老师们对我严加管教。范老师还说我母亲眼睛都哭红了，并转给我一个大提包，说是母亲带给我的。我回到寝室，打开提包，里面是一袋米、两罐菜和一些衣服，母亲见我没回家，就把我需要的东西全送来了。摸着那仍然散发着热度的菜罐子，想象着母亲含着泪为我炒制可口菜肴的情景，我不禁鼻子发酸，眼泪涌了出来。

时光如水，年华易逝，岁月一晃半百多。在我人生的长河里，理想隔着雾霭,重重复重重,追求横着坎坷,曲曲转曲曲。幸运的是,母亲的爱如涓涓细流,无声地滋润着我们前行一路;有了母爱,愁绪百结就会化为春光明媚,虚度年华就会化为豪情万丈,羁旅漂泊的疲惫就会萌起回家的温馨,彷徨无依的心灵就会找到栖息的家园。

后来,我们兄妹几个都通过自己的奋斗,走出了偏僻的山村,找到了属于自己安居乐业的城市,这是对母亲披星戴月、含辛茹苦半辈子的最大慰藉。可是母亲,这位最贫穷的耕者,在她一味地付出,眼泪、汗水、甚至鲜血流尽过后,只剩下一个苍老的身影,专心候望着儿孙们回家的路,尽管这条路上终日也见不着孩子们的身影。巨大的爱压弯了曾经飒爽的身姿,头上落满的霜花再也不能返青了。特别是六年前,父亲突然去世,更打击得她腰弓背驮,整个胆囊都切除了。我们原想让母亲在我们兄妹几家轮流居住,以尽孝心,母亲只在我们身边居住了一阵子,便吵着要独居。后来又在暮年里到学校去陪伴寄读的小孙女,去面临高考的小孙子家料理家务。在孙子们都上了大学以后,老人家才如释重负,但最终还是选择了独居。讷言的母亲从没有说出什么理由,但我们知道,好强的母亲是想尽量减少儿孙们的麻烦。母亲在独居的日子里,当然有太多的委屈和痛苦,可是在儿女们面前,脸上始终洋溢着笑容。她的爱依旧滋养、温暖、陶醉着我们,推动着我们走向更广阔的世界。

"萱草生堂阶,游子行天涯;慈母依堂前,不见萱草花。"思念的藤蔓,牢牢缠着的是母爱。母爱是富有的古井,虽然波澜不惊,却一如既往地溢出珍贵的甘露,取之不竭,绵延世代;她沉浸于万物之中,充盈于天地之间，把她的子孙——我们兄妹四人和我们的儿女，经年累月地滋养盈润。因为母爱，我才有了生命和生命的价值。感谢命运，让我拥有这份博大无边的母爱，让我感受着人生中最美的音符。

慈父十日祭

父亲就这么走了。

我敬爱的父亲这次走得是那样的急促，那样的孤寂。他没有给我们作最后的辞别，没有留任何后话，也没有让我们赶回去看他最后一眼。我真的想不明白，父亲一向做事慢条斯理，圆圆满满，为什么这次要走得那样仓促，留下遗憾，让我愧疚不已，悲思无限。

那天是周日，天阴沉沉的，不时地下着雨。晚上十点多接到三弟的电话，说老爸又喊头昏，还呕吐。我以为这次又像以前一样，是他因自己的老年病造成的一时精神紧张，就没怎么在意。但心里总觉得不对劲，过了一会儿，我还是给回龙山镇父母家里打了电话，母亲在电话那头哭着叫我们赶快回家看看……我赶到家里已是晚上11点多，院门前停着救护车，屋里两名医生在给父亲做人工呼吸，父亲眼睛闭着，嘴微张，似乎要说话，但已经没有呼吸了。医生说，她们来的时候，父亲就已经没有生命体征了，叫我们节哀。就这样，那天就像一道天河，把父亲与我们横亘在两个世界里。

父亲患有老年病，清明节前还住了半个月医院。本来可以多住些时日，可他舍不得花那昂贵的医疗费，执意出院。他总觉得这一生没能为子女留下什么，不能再拖累家人，而医生们也说父亲这种病不会有生命危险，最坏的结果也只是瘫痪，所以我们都同意让父亲出院在家中疗养。父亲出院在家，虽说也常叫头昏，但神志清醒，能吃能动。辞世前一天，父亲还兴高采烈地接待亲戚，修理家中的电插座，晚上还照常吃晚餐、洗漱、服药，还说要到街上去理个发，怎么就突然撒手离开他一生挚爱的亲人们呢？

我愧疚啊，父亲出院后在家疗养的那段日子里，几次在电话里要求我回去陪陪他，而我那段时间公事繁杂，私事缠身，顾不上父亲的感受。清明节里，也只是随车回去看望了他一下，当天就返回了。父亲很希望我们这些子女好好陪他待一天，歇一宿，而我们总觉得他的病不会有什么危险，看望他的日子多得是，就这样一次次放弃了床前尽孝的义务，造成终生遗憾。

父亲是个明白人，他心里肯定清楚属于自己的日子不多。因为自从退休后，他就一直被多种慢性疾病折磨着，只是他是一个坚强的人，又是一个极讲忌讳的人，从不愿说出那些伤感和不吉祥的话。他总是说，我有这些好儿女、好孙子我知足了，我一定要战胜疾病，要挣扎着看到孙子们上大学，结婚成家！可是父亲啊，您的长孙在大学里就要考研究生了，你的长孙女过一个月就要考大学了，你怎么就不能再等一等，看到他们的喜报呢？

父亲这一走，就像天边的流星，一闪而逝。此刻，我的跪拜，我的祭奉，我的哀号，都显得没有什么意义了。父亲一定还有许多事要向我交代的，现在他等不及是因为他觉得要等到太久，于是，他只好带着万千牵挂和万千无奈走了，去了一个让我永远也见不到他的地方。凄怨的鼓乐声，在停灵的那两天不住地喧响，现在也随风飘远，只有我的心里在激荡着的无限的追思。

父亲一生和善可亲，助人为乐。谁家有什么繁难事，他总是热情地去帮忙，以至于邻里乡亲，哪家有难总习惯于喊他去解决。有一年夏天，住我家楼上的李伯伯家里用高压锅煮绿豆汤，突然气孔不放气，那家孩子跑来问我父亲是怎么回事，父亲一听急忙冲到他家，说这是沸腾起来的绿豆堵塞了排气孔，会爆炸，很危险。父亲把那一家人支开，自己去把高压锅从炉子上端下来，放在水池中用冷水降温，然后慢慢地启开锅盖，结果锅里的气体冲出来，把父亲的脸和手烫伤多处，治疗了一个多月。李伯伯要出医疗费，都被父亲拒绝了。在回龙山镇街上，只要说有一个"贤惠爹爹"，大家都知道那就是我的父亲。

父亲一生聪明能干，多才多艺。他是远近闻名的"一支笔"，他的文章在大报上得过奖，在全省会议上作过交流，他写的毛笔字和钢笔字，县粮食局办公室的秘书都拿去当字帖临摹。其实，他正规地只在小时候读过两年私塾，全靠他日积月累地自学。他是黄冈县（今黄冈市）粮食商业系统首批评定的经济师之一。在我们家里，桌子、凳子、箱子、柜子什么的，好多家具都是父亲自己动手做的，没有谁看得出，这些是一位从来没从过师、完全靠自悟的"业余博士"的手艺。那一年，我在武汉展览馆看到一款木制沙发很别致，很适合我那窄小的客厅用，就随便跟父亲讲了一下，没想到父亲硬是要我带他到武汉去看那木沙发的样子，他细细地在那里量着尺寸，描画草图，回来后，用了一个多月的工余时间，给我做成了一套木沙发，设计的比武汉那套还实用。

　　父亲一生忠厚朴实，任劳任怨。他十六岁参加革命工作，几十载风风雨雨，跑了不少地方，换了不少岗位，不管在哪里，总是获得那个地方的一致好评。特别在"农业学大寨"期间，他常年被抽调住队蹲点，那是很辛苦的事情，不仅天天要与社员同吃同住同劳动，还要搞调研、写材料，夜以继日，身心双累。可是父亲干得很出色，连年被评为先进工作者。20世纪80年代，我在回龙山粮食部门当过管乡员，不管走到哪个乡、村，人家只要知道我父亲是谁，就对我特别地关照。他们说："你爸爸当年在这里住过队，为我们做了不少好事，他是个大好人呐！"

　　父亲一生爱家为家，勤俭持家。在他手中我们家两次大搬迁，四次建房屋，正如一个亲戚评价的：他就像过去的富裕中农，勤扒苦做，把个穷窝子慢慢盘富了。他性格开朗，乐观向上；受了多少冤屈不平，极少与人斗气；遭遇多么艰难困苦，从不灰心丧气。当年我们家人多口阔，是全村有名的"缺粮户"，曾经穷得连点灯的油也买不起，父亲找来几块废旧电池，装上电线和开关，在家里接个小电珠，成为全村第一个使用"电灯"的人家。父亲对我们这些孩子，慈爱有加，家境那么贫寒的时候，他坚持让我们兄妹四人读到高中，恢复高考制度后，他又让已经毕业的我，继续去复习考大学。特别是他退休后，同我母亲两人住在回龙镇，他总是盼我们回去住住，只要我们说回去，哪怕是两老已经做熟了饭菜，或是已经吃过了，他都要赶快上街，买鱼买肉重新给我们做好吃的。我每次离开时，父亲总是蹒跚着要送我上车，我让他回去，他就站着不动，等我再回头时，见他还是慢慢地在朝车站的方向走来。往往此时，我就感觉到鼻子发酸。

　　现在，父亲突然弃我们而去。

父亲走了，我的整个世界都变了。父亲在回龙山镇工作和居住 41 年，那里是我的第二故乡。过去，我心里有了什么委屈，身体有个什么疲累，就到回龙山去住一住，到熟悉的小镇子上转一转，跟爸爸妈妈说说话，就精神面貌焕然一新。现在，随着父亲"满七"做完，母亲也就要在我们兄弟家轮流居住了，那么，回龙山，我的身心栖息地也就渐离渐远了。

父亲是我们这个大家庭、甚至整个家族的中心，是桥梁、是纽带。过去，逢年过节，我们兄妹几个聚集在父母家，互叙家常，共享天伦。而我的那些邻里乡亲、亲戚老友，也常常以看望父亲的名义，来家中走走。如今，我兄妹哪里去找这个凝聚点？特别是那些互相走动了多少年的老亲戚，会随着家父的远逝而渐渐疏离我们。一个亲亲热热、紧紧密密的大家庭将成为昔日辉煌的记忆。

逝者已逝，生者尚生。日子还在继续，生活照常进行。父亲的优良传统，是我们的人生指针，我们当踏实做事，好好做人，乐观处世，造福社会。父亲的去世，会坚定我很多的信念，也改变了我很多的理念。我想，作为万物之灵的人，生命为何要这么短暂，又这么脆弱？为什么父亲也只能做一次，儿子也只能做一次？为什么父亲那一生壮怀激烈的旅程，竟会在一个如此简短仓促的程式中结束？

苍天不语，大地不言，父亲不在，儿心不安。父亲，我想念您！

祖母的童话

"天上也是一个世界，人间也是一个世界，天上的神仙看我们这个世界，人就像芝麻那么小，米粒就像石磴那么大……"小时候，祖母经常给我讲这样的故事，教育我们爱惜粮食，不要糟蹋饭菜，所以至今我都保持餐桌上的"光盘"习惯。那个年代没有电视，家里也买不起收音机，村里安装有线广播也是我长大以后的事。所以家庭的教育，主要是靠祖母用代代相传的神话故事来传承。

祖母姓陈，是一位从封建社会走过来的老太太，脚是用裹脚布裹出来的一双三寸金莲，常年穿的是斜襟的半身长的外衫，大都是深色的，偶尔在夏天里看到她穿一两回浅色的布料。祖母头发梳得光光的，外人一看就知道这是一位精明的老太太。祖母其实并不是我父亲的亲生母亲，她是我父亲的伯母娘，三十多岁的时候开始守寡，拉扯着两个女儿过日子，由于过度操劳，患上严重眼疾，后来不得不把一个女儿抱给别人家养。我的父亲也是在十多岁的时候没了父亲，他的母亲因生活所迫，不得已带着小女改嫁他乡。剩下我年幼的父亲独自带着两个更小的弟弟过日子，后来实在难支门户，便像小鸡找温暖的翅膀一般，投靠在伯母娘身边。父亲投靠我的这位祖母时候，还不到十五岁。

我们兄妹四人都是祖母带大的，所以祖母也格外疼爱我们。祖母的眼睛是什么时候瞎的，我不知道，只知打记事时起，祖母就是瞎子，垮里有人打死了一条蛇，就送给祖母，祖母用剪刀割出蛇胆，生吞吞地喝下去，治疗眼疾。祖母虽然眼瞎，可做起家务来，一点也不别扭，洗衣做饭、养猪喂鸡、纺线织布，看顾我们这些孙子，家庭料理得细致周到。她补衣服、纳鞋底，只是叫别人帮着穿个针眼儿，然后把针在头发上捋捋，再在布料上缝，行是行，路是路，均匀极了。

那些年，我们家人多口阔，父亲在外工作，常年不在家，母亲要参加集体出工，也是长时间在田畈里劳作。家里除了我们兄妹，还有一位小叔，一大家子的家务事儿主要靠祖母操持了，其辛勤可想而知。

祖母虽然不识字，却是全垮公认最识理断事的人。哪家有婆媳不和、妯娌吵架的事，总会来找我的祖母公断。我记得垮里有一对小夫妻，人称"半调子"（意即糊涂），吵起嘴来谁都劝不住，只有请我祖母，挂着拐棍到他们家斥骂一通，那两口子立马不吱声，事后还要来向祖母道歉。

祖母对我们这些孙子很是疼爱，近乎溺爱，但从不放纵我们做坏事。祖母总是用讲故事的方式，教导我们如何做人。我们放学回家以后，就爱跟在祖母身后，听她讲故事。祖母很有耐心，每次都会让我们满意，讲一些童话故事。"从前呀……"祖母的故事总是这样起头，以至我们一听到这句话，便立即安静下来，依偎在祖母身边，心里充满了欢快与憧憬。至今我还记得一些千古传诵的典型的故事，像二十四孝、嫦娥奔月、三个和尚等，我们从祖母的童话故事里，懂得了做人要和气，特别是家和万事兴的道理，学会了做人要善良，帮别人就是帮自己的道理。

"从前呀，有一个小孩，家里穷得买不起油点灯，他就把墙壁打开一个洞，借邻居家的灯光来看书，后来考中状元，成为国家栋梁……"祖母一边讲着这个故事，一边抚摸着我们的头，她说："你们读书也要这样勤奋，将来才有出息。"祖母不仅讲故事，有时也会给我们立规矩，比如告诫我们"吃不言，睡不语""坐有坐相，站有站相""见了比父亲年纪大的叫伯伯，比父亲年纪轻的叫叔叔"，这些话我一直牢记在心中，成为我做人的基本教程。

祖母已经过世三十多年了，至今，我还常常想到祖母，想到祖母给我讲的那些童话故事。有时，我将祖母的故事讲给我的儿子听。这些故事浸润着我的童年，更影响着我的成长，那闪耀光辉的中华传统，那不朽的伦理道德，在祖母的传说中得到了发扬，祖母的故事纯净了我们的信仰，指引着我们在人生的道路上前行。

二爷

二爷是我的二叔父，也就是我父亲的同胞二弟。如今他五十多岁，远在新疆工作，我总共才见过他两三次面，但对他的印象特深。

大约在我八九岁的时候，有一天，家中来了一位瘦瘦高高的中年人，带着妻子和孩子，还拎了大包小包的东西。他一走进门，激动地叫了一声"母大"，就双脚跪在我的祖母面前。双目失明的老祖母，用颤抖的双手在他身上摸索着，哽咽半天，只说了一句"儿呐，你可回来了！"就昏倒过去。妈妈在一旁告诉我说："这是你的二爷，从新疆回来探家，你祖母是他的养母，也是他的伯母，所以称之'母大'"。我当时还小，不理解这样的母子见面，何至如此悲怆。后来慢慢明白，二爷是在十三四岁的时候，偷偷混进支边的队伍，爬上了去新疆的火车。一晃十多年了，去的时候孤身一人，连衣服都没多带一件，如今携妻带子，突然出现在亲人的面前，叫他们怎么不百感交集、肝肠寸断呢？

二爷非常喜欢我们这些侄儿侄女。在探家期间，他走亲串友总是把我带上，给我买零食、买钢笔、买小人书，只要我提出的要求，他总是满足。那些日子，对于我这个山里伢来说，简直奢侈到了极点，每天不是荷包里塞满点心，就是手里拿着水果，塆子里的小伙伴们，都羡慕我有个好叔爷。

那一次，二爷在家住了近一个月，返疆的时候，我和爸爸、三叔爷把她们送到武汉大智路火车站，看着二爷一家坐上远去的列车，小小的我第一次尝到了亲人离别的滋味，不禁伤心地哭起来。

二爷对我这个大侄子特别疼爱，我在学校每上升一个年级，他都寄回些东西以示祝贺。我高中毕业走入社会的那一年，二妈（二爷的前妻，当时还未与二爷离婚）从新疆带回一个女孩子，要我同她多接触了解。我事先一无所知，后来才知道，是二爷在新疆给我物色的一个对象。原来二爷早就在为大侄子的个人问题操心了。我和那女孩素昧平生，起初没有一点那种意思，待稍微有了一点感情时，那个女孩的假期已满，匆匆返疆。以后天各一方，婚事自然是不能成功了，但二爷的这份情义铭刻在心。

二爷的生活经历曲折而艰辛。他十多岁时因耐不住家里的贫寒，趁国家号召内地人民支边的机会，一个人悄悄来到荒无人烟的边疆。据说当年他上"支边"的火车时，因怕被人发现无手续被清出来，就钻到一些大人的肋下，混进去的。到新疆后无亲无友，孤苦伶仃，是一个老乡把他收留在身边。老乡看他聪明伶俐，吃苦耐劳，十分爱怜，就把自己的养女嫁给他做妻子。他和那位妻子共同生活了十几年，并有了两个儿子。不料又因妻子的原因，突发婚变。二爷性倔，便离了婚，了断十余年的夫妻情，鳏身带着两个儿子，奔波在生活的风口浪尖。

二爷没上过学，一字不识，先是安排在生产建设兵团警卫连当农垦战士，后到加工厂从事副营业务，都是干苦累活。离婚后，他一个人照顾两个孩子的读书和生活，特别是大儿子，从高中到大学，都是全自费，生活负担很重。所以，除了上班挣钱外，他还要搞家庭副业，养了十几只羊、一大群鸡，还承包一个鱼池，尽管日子还过得来，但没有女人的家，总少些温馨和秩序。不少人劝二爷再娶，二爷一概拒绝，他坚持自己的生活道路，至今无怨无悔。

二爷的经历非常离奇。他原来生活的地方，是新疆最穷僻的地方，离国界线不过二百公里。20 世纪 80 年代末期的一天，他突然接到一份从哈密市寄来的商调函，拟调他到哈密市区工作。当时他心生诧异：我孤身一人来疆，并无任何社会关系，会有谁帮我往大城市里调动呢？后来才弄清楚，原来是不久前，哈密地区的一个考察团，到二爷工作的单位考察多种经营开发项目。当地组织介绍情况时，提到一些劳动模范的名字，其中有我二爷的名字，深深打动了哈密考察团一位领导的心。这位领导在哈密某高校任职，祖籍湖北，当年支边路上，他病倒在火车上，同车厢的人怕染上伤寒，一个个避而远之，唯独二爷年小心纯，一路给他端水端食，两人结成忘年之交。后来分工时，两人离散，失去联系。这次这位领导听到我二爷的名字，触动多年的心愿，经反复打听，我的二爷正是当年救他一命的那个苦孩子，于是，他特地找到我二爷家里去看看，正巧当时二爷出差在外，所以对这件事全然不知。但领导看到一个没有女人的家里凌乱状况时，顿生恻隐之心。后来，二爷满怀迷惑地赶到哈密，见到了那位领导，才知道这一切是因为自己三十多年前的一段助人之举。二爷一辈子向善向美，至诚待人，所以才有今天的惊喜收获。

我写这些文字的时候，二爷正是哈密那所学校的校办农场负责人。年前接到他寄回的一盒录音带，说他把那个农场治理得很有起色，校领导很赏识，准备再给他委以重任，但他想到自己没文化，担任领导职务很吃力，更不想误人子弟，所以打算辞去一切职务，轻装上阵好好干几年，退休后再回内地享享福。我们能说什么呢？二爷的博大心怀，是我们这些小字辈永远无法体悟的。

二爷不会读到我的这篇小文，但他会永远受到我们的尊敬和祝福。

村树疏落忆小叔

　　当一树一树花开的时候，我就想起儿时故乡的梅花。故乡的梅花并不多，就两株，种在村塘下面的小路上，是春梅，一进入早春，便开得灿烂热烈，红色如丹，粉色发腻，绿叶滴翠，枝丫横斜，远远望去，像一团精致的织锦，让人一下子就感到春天的温暖。据说此树是塆里一位大学生从西部带回的，本地根本没有这种树，所以，一到春天，这里成为我们塆独特的风景。而此时的我，想起的不仅是那株独特的梅树，更想起梅树下那一幕幕关于亲人的故事，恍如昨日，发生在这伤感的春天。

　　今年清明，回到故乡，走在门前塘埂下的那段乡路上，这便是儿时长着两株梅花的村路，可今天的路，由昔日小道变得宽阔，但却变得那么漫长而孤寂，好像千年都没有人走过。过去那棵梅树早已没了踪影，只有稀落的几株杂树，歪斜地站在路边，树上一朵花也没有，以往这一溜儿的树林下面热闹非凡，如今已是杂草丛生。

　　好在塘埂上的泡桐树依稀还有昔日的影子，依旧叶片摇响，鸟儿们争先恐后地抢着、闹着，倒令我想起儿时的春天，儿时的小塆子。

　　那时每年的早春，队里总要请来铁匠、木工什么的，修理农具，以备春耕。有一年，来了一支不知是河南还是安徽人组成的铸铁工匠，为我们大队打造犁耙杪辊，炉具架在大队部的高岗塆里，我们一放学就赶去看热闹。现场火花四溅，一桶铁水灌到泥模里，打开就是一张犁头，火红得透明，非常有趣。

我正在那里看得出神，突然一个铸造师走到我面前，笑笑地说："你是不是前面那个小队的，你叔叔到处找你回家吃饭哩。"我不相信地回答他："你瞎说，你怎么晓得我叔叔在找我？"那人操着外地口音，指了指我们塆子的方向说："那里有个头上长了疤疤的年轻人，托我找一找你，我猜想就是你。"我便问叔叔现在在哪里，他说正在村头的梅树下等着呢。

我连忙跑回塆里，果然，远远看见叔叔站在那株梅树下，似怒非怒、似笑非笑地望着我。我当时就惊诧：叔叔是怎么托到那外地师傅给我传话的，那外地人又是怎么把叔叔的话准确传递给我的？

叔叔是我父亲的小弟，排行老三，我叫他三爷，是个单身汉，自幼体弱，跟着我父亲寄养在伯母膝下。叔叔非常疼爱我们，有时妈妈惩罚我的错误，气愤地不让我回家吃饭，叔叔总是偷偷把饭菜盛好，送到我面前。记得有一回，我赌气，坚决不吃饭，把房门拴得紧紧的，叔叔急了，怕我饿着，便搭个梯子，从隔壁的墙上通过阁楼爬到我的房间来，把房门打开，让我母亲叫我出来吃饭。

叔叔虽说是个大人，但在我们几个不谙世事的侄子的意识里，他也是我们的一个好玩伴。

我们常常爬到他身上去"打劫"呢！叔叔是生产队的保管员，花生入仓、红苕入库的时候，他常在口袋里装上一些，回到家里，他故意往身上鼓鼓的口袋上拍着，说："我肚子饿，别抢我的东西吃哈！"这时，我们才注意到他的两个衣兜鼓囊囊的，便知有货，都像馋猫一样冲向他，缠着他要吃的。叔叔假装要给自己留一半，只把剩下一半分给我们，这可不行，我们弟兄几个才分一半儿，这也太少了吧，不服气便向叔叔要，叔叔故意捂住衣兜不给。我们弟兄仨就偷偷商量，想着一起向叔叔"打劫"，毕竟人多力量大嘛。当我们弟兄仨一起向叔叔展开行动时，叔叔的口袋里顿时被我们打劫一空，一点儿也不剩。叔叔被气得吹胡子瞪眼，又过来抢我们的，我们才不让他抢到手呢，便满屋里跟他捉迷藏，就这样追逐吵闹，家里充满了欢声笑语，在那个物质极端缺乏的年代，成了一道暖心的风景。

日复一日，年复一年，家里有了叔叔这个大孩子，陪伴我们在快乐中度过了一个又一个快乐年华。

我读高中时候，家庭搬迁到父亲工作的地方，安家在一个农场。一次，叔叔在给场里集体粉碎饲料时，不料被机器轧断了几根指头。还有一次，为了给队里取农具，叔叔不幸从阁楼上摔下来，数处骨折。从此，叔叔不再和我们玩捉迷藏了，不再跟我们比赛挑水了，甚至到了春天，都不再站在缀满花枝的树下，望着我们放学回家，因为叔叔生病了。

叔叔坐在门口的小凳子上，看着我们进进出出，话都不说一句，他是那样安静，一天比一天安静，甚至到了后来，叔叔都只能躺在床上，疼极了，有时呻吟起来。看到叔叔这个样子，我们默默地祈祷着，希望叔叔能早日康复，能继续跟我们捉迷藏。有一天，叔叔说要到老家那边去走几家亲戚，要去上巴河看看舅舅、姨妈、表兄们，要去夏铺河看看老姐姐、妹妹、老表侄。那些亲戚们都想留他多住几天，他摆摆手说："不住了，我还要到医院把病治好，再来看你们。"叔叔终究没有好起来。无情的上苍啊，带走了我的叔叔，叔叔从此越走越远，永无归期。

伴随着亲人们的哭声、乡邻们的叹声，叔叔去了另外一个世界，他在那个世界里，还会不会是个集体的保管员，为大家的财产尽心尽力保管呢？他断掉的指头、折断的骨头，会不会在那个世界里长好呢？他还会不会疼痛？这些我们都不知道了，只知道叔叔将永远住在那里，再也不会回到我们的家里来了！

从此，叔叔丢下了侄儿侄女，丢下了我这个他最疼爱的长侄，撒手踏上了无尽头的旅程，永不回头了。是我们不听话，上苍在惩罚我们吗？也许是吧。

每年清明，我回到老家祭祖的时候，总要在当年长着两株梅树的乡路旁，默默地站立一会儿。彩云散后，物是人非，尽管连一点梅影也没有了，但我眼前总浮现一树梅花，花间有叔叔的身影，事隔这么多年，那身影依旧清晰，好像又回到了小的时候，那些有叔叔的日子。

可是车笛鸣响，震醒童梦，眼前却是苍凉的乡路，冷寂的村塘，微风吹拂，乱枝摇晃，故乡依旧，故人却不在了！

初撞大学门

恢复高考制度的那一年，我刚好高中毕业。7月走出校门，10月就是高考的日子。

学校没有留应届毕业生复习，我们作为社会青年报考。当时我对高考这个词儿还很陌生，只是从人们的言传道议中，对大学校园充满新奇和羡慕。我很想去闯一闯大学之门。

读了九年半书，跨过三种校园，却没领回过几本课本。历史有几册书，英语是什么都弄不清楚。那时候没有现在这么多高考辅导班，也极少找得到辅导资料，只是在临考的前几天，学校才把应考者召集在一起，一堂课就把上下几千年讲完，在我的脑海里没留下一点烙印。但是大学之门的诱惑实在太大，我去找村里插队落户的武汉知青，请他们在城里借或购一些复习资料，一个人孤独无助地在农村的家里进行紧张的考前备战。

我白天被生产队长派往田间，同社员们一起参加如火如荼的"双抢"，夜里挑灯伏案到天明。有时实在吃不消了，就向队长求情，给我安排轻松一点的活路。队长是个好人，见我如此上进，便给了我一头老水牛，让我放牧。

炎炎夏日，把牛儿抛在堤上吃草，自己则坐在树荫下读书，倒也惬意，一本一本的复习资料啃下去，遇上深奥难懂的题目，就去向插队的武汉知青请教，那时的我，是真正尝到了钻研学问的苦头和甜头，也由此结识了一些朋友。

日子当然不尽是田园牧歌，也有许许多多的暴风骤雨。我的那头老水牛脾气暴烈，好与别的公牛斗胜，几次在我看书入迷之时，它冲出去与同类触架，一时跑得不见踪影，害得我们全家人白天黑夜到处寻找，有时还惊动整个队里的人帮着找牛。有几次找到离队里几十公里的长江大堤上才发现我的牛。为这事，我不知挨了队上干部的多少"训斥"，不知被罚扣多少工分，也不知为此流了多少辛酸泪。

过了一段时间，农场小学的校长和教导主任到我家里来，问了我一些情况，说是场里领导准备让我去当民办教师。家长们激动万分，父亲高兴地说："我当年是十五岁参加工作，如今我的孩子也是不到十六岁走上工作岗位！"但我当时并没有多少激动，我竟然向校长说："如果影响我考大学，我宁可不教书。"那时的我真是一个不知天高地厚的乳臭小子。

考试结果出来了，我的语文分数是全区头几名，而数学分数则是倒数几名。严重的偏科，让我落选了。

得知结果的那一天，我的祖母偷偷掉眼泪，但奇怪的是，我并没有多大的痛苦和失落。我发誓要好好学点文化基础知识，把被耽误的时光夺回来。于是在以后的时间里，我不知疲倦地在书卷文册中汲取知识，由撞大学之门到再撞文学之门……

在朦胧中

星期天的中午，喝了点小酒，然后帮儿子做完一件小手工，我就躺到床上午睡。阵雨乍停，阳光微醺，房间里有点暗，儿子也乖乖地睡在我身边，听我讲着故事，听着听着就慢慢入睡了。我酒上心头，只感到全身轻飘飘的，好像飘到很远很远的地方了。四周静静的，耳膜被一种遥远的声音轻松磕碰着。

朦胧中，看见妈妈坐在床头，哼"催眠曲"哄我入睡。我就在歌声中软软地躺在带有雕花架子的木床上，妈妈坐在床头的椅墩上，借着豆粒般的柴油灯光，边做针线活儿，边给我唱催眠曲，也不望我一眼。妈妈的嗓音真好，歌儿唱得那么动听。

我问："爸爸回来了？"

"没呀，你爸在三线上忙着哩！"妈妈仍然头也不抬。

可我感觉到爸爸好像已经走进屋子，屋里弥漫着爸爸在家时那种味道，房间到处摆着他带回的东西：提包、衣服、玩具、糖果，还有一个大西瓜，就放在衣柜最底下的那一格，那一堆花花绿绿的衣服中间……

在朦胧中，我觉得儿子在往被子上面拱，我害怕他着凉，随手替他盖了盖。这时床头的小伙桌和如豆的柴油灯忽地不见了，四周暗暗的，静静的。我的眼皮子沉重，一时不知身在何处，我茫然地对妈妈说："您和爸把我送到什么地方来呀，我想回家，我想吃爸爸带回的砣砣糖。"

似乎看到妈妈浅浅一笑，笑得那么甜，那么美。

身边的儿子又往外拱，并扬手蹬足，他大概是感到燥热，想离我远点，这倒把我惊醒了。我抬起头来，仍是昏沉沉的，隐隐发疼。我知道我是离开了家乡那间温暖的土坯屋，心中充满孤寂和酸楚。

白露刚过，天又下着细雨，屋里有淡淡的凉意。邻居的太太一直在哄她的宝贝女儿睡觉，她哼的催眠曲，有点像小时候妈妈哄我入睡的歌谣，曲调儿透过雨丝和窗帘飘进来，拨动了我脑海中丝丝缕缕的记忆之弦。

假如人生总停留在童年，那该多好。人长大了可真是一件遗憾的事，要丢失很多不愿意丢失的东西。

那年五月，家有考生

　　儿子读高三那年，一晃就进入五月。五月，这个季节，对我来说有一种特别的敏感。

　　过去，是因为要去参加重体力劳动而敏感。今天，是因为儿子要备战高考而敏感。

　　我的青少年时代，是把五月叫红五月的，时兴的口号是"大战红五月"。那个时候，进入五月，意味着吃苦、受累、流汗、停学、生产劳动。同时，乡村五月闲人少，割了小麦又插田，也正是生产队的繁忙的日子，麦子要收割，早稻秧要抢插，棉花苗要种植，是农村正需要帮手的时候。

　　三十年后的今天，我倒是不用为五月那种生产劳动而担忧，但也着实为孩子辛勤的高考揪心。

　　一转眼，儿子人生的第一个转折点就要来临了，这也是我们做家长的一个转折点。妻子有一天悄悄地对我说："这段时间可要好好陪陪儿子哟。待孩子上大学去了，就是我们屋子里的客人，只有放假才回来住上一阵子。到了他大学毕业，工作了，成家了，到这个屋子里来就更像亲戚串门儿一样。那时我们留守老人的生活，就是掰指头计算儿子的归期！"这番话让我黯然神伤。想到儿子自小到今年十八岁，聪明乖巧很听话，暑假里跟着我走南闯北游历了不少地方，谁知一经这场高考，便会走出家门，由这个家门内的一员，变成一客，心里的滋味啊，何言以喻！

离高考越来越近，本性活泼伶俐的孩子，吃得少，睡得少，话都很少。我看那精神的疲惫，远胜于当年我们身体的苦酸，心疼不已。

这个时候就是调动全家力量，为孩子暗暗加油，做父母的是全身力的付出，放弃自己的爱好，专心围着孩子转，而孩子乡下的爷爷奶奶是不断地打电话来询问。这个时候的家长们内心都明白，这一切不光是为了孩子复习好，也是为自己即将面临的一次人生转折而积累心理能量。

家有考生，五月便是一个黑色的五月，孩子累得昏天黑地，家长也忙得一片云遮雾罩。

家有考生，家长就没有自己的生活了，眼光盯着孩子，脚步跟着老师。我再也不去捧起我读了一半的名著，也不参加我喜欢的户外活动，而是关起门来陪伴孩子那珍贵的在家时间。孩子去学校后，又不停地到处打听高考的信息，寻找有关高考的资料。

家有考生，我晚上不能睡得比孩子早，早上不能起得比孩子晚。晚上正看到电视剧高潮迭起，考生回家了便连忙关掉；家里来人正聊得兴趣盎然，考生回家了便赶紧送客；家人拉家常正在热闹处，考生回家了便赶紧关灯，悄悄溜到各自的房间去。

家有考生，洗漱不能太迟，怕夜静影响孩子睡眠，走路不能太响，怕脚步打扰孩子思考。

家有考生，家长就是营养专家、烹调大师，到处研究补脑的食品，变着花样给孩子做可口的饭菜。

孩子的学校离家不是太远，但为了让他全心复习，进入五月我们就不再让他中午跑回家吃饭，好节省时间午休一会儿。本来学校安排了宿舍午睡，我又怕里面同学多，睡不好，便花大价钱租了学区房，仅为睡一午觉。三月找房子，四月备家当，五月入住，为了五月能在学校附近租到好房子，可以说从一开年我就在动心思。

总是有家长感叹，高三的孩子没法交流。其实孩子更可怜。想想看，在学校有老师日复一日地灌输应考压力，在同学中又日益弥漫考前恐慌，如果在家里还要听家长不断地训诫，这是不是从宠爱的天堂一下子到了受难的地狱？

我曾阅读过如何与高考的孩子有效沟通的书，也曾向老师和相关专家请教过类似问题的答案，但是到了这黑色五月，面对日趋焦虑的儿子，我也同样在困扰中把握不住方向。

刚刚跨进高三门槛，孩子就一连声感叹这日子从灰变成了黑。早晨上课提前进校，晚上加课推迟回家，课间大家都忙着抄、背、写、算，中午休息，各科的老师们都抢着来说自己科目的重点。待孩子晚上回到家里，我看着憔悴不堪的孩子，一方面希望他能早点休息，另一方面又想要他多复习一会儿、多看一页我给他买的教辅书。周末还要给他请个家教。听说图书馆有个博士生搞家庭辅导很有一套，便托熟人把儿子送到他家。孩子终于在这个五月里爆发了。他对我们大声吼道："我不要你来管我行不行！"这是儿子有生以来第一次发这么大的火，惊愕的我很快醒悟过来，我知道这个时候千万不能与他争吵，也不必说些什么安慰的话，孩子处于极度紧张中，当场想谈出个什么道理来，基本无果。

通过反思，我发现还是自己的错误，自己操之过急了。

想想这个时候，学校的老师们都是急切地表达着要监督孩子学习，不能让孩子在这最关键时刻松懈的信息，而周围的亲人朋友，见了孩子也都问"你准备得如何了？"孩子本来就被紧张的气氛包裹得快要窒息，可你这个他最信任的父亲，还要用不信任的态度对他的复习加码，叫他如何不与你对立呢？

在与儿子的老师和他几个最要好的同学联系交流了之后，我决定改变方法。儿子回家后，不马上谈学习和作业，而是漫不经心地跟他聊学校午餐怎么样，午睡多长时间，然后拿起羽毛球拍，邀他到外面跟我打一会儿球。还在附近的移动通信公司俱乐部办一张卡，叫他邀上同学去打打球、唱唱歌。这样一来，才发现他情绪明显好转，而且每次出去玩耍的时间越来越短，他自觉地要早些回来做作业。

当年的五月，有生产劳动，要付出繁重的体力。如今的五月，家有考生，要锻炼强大的心智。五月，家有考生，家长就是学生，时时面对新难题，时时进入新考点。

父子家书

儿子：

你已经在攻读硕博了，我还是要给你写这样一封信。记得在你进高中、上大学时，我都给你写过这样的信。我是很认真给你写信的，你可以不予重视，但我不能不写，并不是我喜欢这样教训你，而是作为父亲想给你倾诉点人生经验。其实要说的话，我平常也跟你说过，只不过许多时候是以你不太愿意接受的方式。所以，我还是想郑重其事地付诸文字于你。希望你能把这些文字读下去。

硕博连读，我个人认为是介于念书和工作二者之间的一个阶段。可以说你现在是在攻学位，也可以说是在打工，跟导师打工。其实这个阶段非常重要，但也很难把握，它可以让你成为学术上的巨匠，也可以让你成为平凡一生的众人。我当然是希望你利用这个阶段，把自己修炼成为具有高素质高学问的人。我们常谈到你读小学时候的理想，你说："我长大了要当科学家！"现在，可以看到你在为你的理想努力，我在祝贺你的同时，给你提几点建议：

第一，我希望你快乐地学习。把学习当乐趣，效果会更好，所以在学业上，你不要太有压力。孔子说过，知之者不如好之者，好之者不如乐之者。快乐和兴趣是一个人成功的关键。如果你对某个领域充满激情，你就会在该领域发挥自己所有的潜力，甚至为它而废寝忘食。这时候，你已经不是为了成功而学习，而是为了"享受"而学习了。但有一点，不要放过必修课中的任何一个疑点。很多难题的答案都不是唯一的、简单的，你要学会从多个角度用多种方式来解题。这一点也要用到你的人生观上，看待任何一个问题，都不应该非黑即白，你要包容那些与你观点不同的人，用"批判性思维"去看待问题。

我还要说的是，可能是你一生中最自由的阶段，但你要知道，这也是最考验你成人的阶段。在这段时间里，你将设计人生宏图并开始打基础。掌控生命是很棒的感觉，人生短暂，想要梦想成真，你就得始终不渝地朝你选定的方向努力。这里，我把张启发院士给他的博士生的一段话录给你："走到了做科学这条路上，博士生阶段有无成就与将来有无建树关系十分密切。据我观察，在我们这一代人中，凡是后来有所成就者，大多在博士学习阶段就奠定了很好的基础。我理解的基础含三个方面的内容：一是广博的知识和不断求知的欲望；二是作为今后发展基础的工作成就；三是不断进取的奋斗精神和以工作作为第一需要的人生观。试想：要建功立业，博士生阶段不搏，更待何时？"

第二，我希望你严谨地生活。记得在你刚上大学的时候，我给你强调的第一点就是必须由他律变为自律，其中还谈到不要迷恋于网络游戏。现在看来，在武大的四年中，你在自律方面还不错，但从今年这个暑假开始，你的自律精神松弛了，求知欲有所下滑，生活中也失于严谨，有时甚至疏于洗漱。所以我要对你说，干什么事情都要养成有条不紊和井然有序的习惯，而且不要轻易打破这种习惯。我曾给你看过一位成功人士的文章，文章回忆他小时候父亲告诫他：哪怕饥肠辘辘，也不要丧失人格，即使趴下了，也要爬着去，该洗漱时洗漱，该吃饭时吃饭。我为什么对这段话记忆犹新？是因为我觉得，一个人如果没有严谨的生活态度，那也就缺乏干事业的基本品质。这一点是现在许多年轻人都应当注意的，你也要警醒。

第三，我希望你把自己融入朋友之中。交际是立足社会的基本功，人际关系就是生产力。多一个朋友多一条路，遇到知心朋友要珍惜，校园里的朋友往往是生命中最好的朋友，你们来自五湖四海，将来各领风骚于一方，你们好好在一块儿生活、学习和交流，不要太在乎别人的成绩、爱好、外表，甚至性格，要以最大的善意和宽容对待别人，千万不要把自己孤独化和边缘化。

第四，我希望你保护好自己的身体。身体不好，再好的理想也会落空。我说过，我们这个家族没有很棒的身体遗传史，所以我们就要比别人更多一些保护自己身体的意识。生活要规律，作息要严格，该加衣时及时添加，该注意的饮食一定不放纵自己的口欲，搞实验时注意防辐射，用电脑时注意保护眼睛。过好闲暇时光是保重身体的一个重要方面，不要终日劳顿和紧张，要追随自己的激情和兴趣，每天留一份松弛时段。要刻意地保留一个锻炼身体的项目，并坚持下去。还有一点，个人问题也要适当考虑，遇上优秀的女孩子，还是要有意识地保持联系，相信你有能力选择好自己的另一半。

最后，祝儿子在上海的时光幸福快乐！

深更半夜"盘纸头"

夜深人静，雨打窗棂，我一个人坐在书房清理报纸，坐久了腰酸腿麻了，便站起来在室内转转，惊醒了熟睡的妻子，她还是那句话："这些废纸头，你怎么总也盘不厌哈！"

"盘纸头"是属于我的专用语，源于多年前父亲的一句"名言"。那年，母亲在家里用一堆花花绿绿的零碎布料，轧花拼鞋，父亲见了说："你盘布头，你儿子盘纸头，母子俩就这点爱好！"

盘纸头的确是我的爱好，甚至成为癖好。我夜夜清理的这些纸头，也还真的是"废纸头"，是我积存多年的过期报纸。

自从购买新区的房子，准备装修以来，一直就为如何处理这么多藏书集报而筹划，甚至引来不少的烦恼。新居是肯定要布置一间书房的，可还是装不下这么多的书报呀，特别是报纸，收藏的那些自己喜欢的专号是几十年积累下来的，现在把它们归在一起，足有一米多高。这类藏品又厚重又占地方，还容易惹虫吸潮，是不可能全部搬到新书房里去的。妻子用秤量了其中的一捆，估量着说，足有八九百斤，要按时下收废报纸的价格，每斤8毛，可变卖六七百元钱。

可是我怎么舍得去变卖我的藏报呢？这是我几十年来一点一滴的心血结晶，要卖掉它无异于剜我的心头肉啊。然而，不作处理，把这么几大堆陈旧"废纸"摆到新房间去，显然不适。再说，报纸天天有，喜欢的专号也一直天天在积累，太多了也不可能再去阅读，所以还是决定丢弃一部分，保留精品。可这是艰难的选择，每一份都在手中反复掂量，犹豫不决，去留难舍啊。

一边清理报纸，一边回顾往事。最早收藏系列报纸，是20世纪80年代初期。那时我在农村民办小学教书，义务给生产队当收报员，《人民日报》每一期的"大地"文艺副刊，那时是放在最后一版的上半版，我都悄悄裁剪下来，缀成厚厚一簿。后来我参加北京语言文学自修大学函授，按要求订一份《北京青年报》，一连三年每年都留下来，装订成合订本。以后，为了获得图书出版信息，订阅《书讯报》《中华读书报》，觉得资料珍贵，也全留下来。

集藏报纸的高峰是在20世纪90年代中期，我在单位从事文秘工作。单位订的报纸有多种，主要是由我保管，而那一时期报纸办得特别活跃，中国的"晨报""晚报""时报""文摘报"都是那一时期出现的，尤其是一些党报，也都竞相出版增刊、特刊、周末版、文化副刊等专号报，版面活泼，标题新颖，内容离奇，五彩缤纷，太吸引人了。各种报刊，只要是能得到的我都保存起来了，有的还按序号装订成册，做上封面，编好要目。日积月累，这样的合订本蔚为大观。

晚饭后，坐到报纸堆前，一张张一摞摞。眼睛瞅着那些五花八门的标题，就想深入看一看，但节奏不允许我停留在某一张报纸上的时间太长，于是再拣下一张，如此双手不停，两眼紧盯，时不时地站起来挺一挺酸胀的腰颈，头昏脑涨，却毫无睡意。夜实在太深了，想着明早还要赶单位的班，才无奈地逼自己上床，有时睡着了还在做翻拣报纸的梦。

盘点这些"纸头"主要有三大动作：一是把喜欢的裁剪下来，凑成专题，如本地风情、文友作品、与自己心灵碰撞的文章等，因为要布置新居，所以有关新居布置的知识也剪些下来。二是把有珍藏价值的留下来作为藏品，如重特大事件专刊、创刊号、终刊号、纪念专号等。三是把有些朋友喜欢的类型，拣到一起，准备分别送给别人。对这些没有一下子放进废纸堆的报纸，我想这也是一种缘分。

深更半夜"盘纸头"，盘出情思缕缕。每一张都是一份回忆，每一篇都能勾起怀想，有温馨的，有苦涩的。当年自修，收到一份《北京青年报》便欣喜若狂，认真做着上面的每一道题目。当年在学校执教时，苦口婆心动员孩子们订刊阅报，比如《中国少年报》，曾经就达到人手一份。每当邮递员送来一份新报，就像迎来一个新孩子。还有，从报纸中学到报道写作、文学创作，从而成为特约记者、业余作家。在报纸上看到引起共鸣的事情、认识震撼心灵的人物，便会通过信件交流，结识各地好友。通过报纸掌握了知识，增长了见识，这些收获实实在在，毫不夸张。拥有报纸，足不出户，目观全球，真所谓秀才不出门，能知天下事。

盘这些"纸头"，也真盘出些意趣。我看到明星八卦、名流绯闻，家家报社转；奇闻轶事花边新闻，张张报纸载。看到应景题材连年刊登，春天写花，秋天吟叶，六月颂少儿，九月说老年。看到同一位作者，把同一篇稿子，在这张报纸刊登了，换个题目到另张报上再登。重盘一回藏报，就如登上时光流转的列车，走的是大经历，巡视的是世事变迁，世道沉浮。

有人说，现在网络发达，什么都在网上找得到，还要收集这些报纸干吗。有人说，现在信息爆炸，报纸一出即废，还有什么藏头。可我不以为然。我在寻报、藏报、翻拣、剪辑的过程中，收获的那一份宁静与兴奋，是无与伦比的。有此一得，人生足矣。

遥看烟花起落时

不知不觉，在我们这个滨江小城，夜空里常常腾耀起一束一束烟花，没有什么声响，规模也不是很大，就这么在人们的不经意间，次第绽放，五彩斑斓，倒映在长江的水面，如流星灿然一闪，再夹杂江面上的点点渔火，以及远方传来一声悠长的笛鸣，这个时候，我就知道，又是一载岁月将尽，又是一曲春节的前奏拉响了，不觉从内心涌起一股温馨的情绪。

每当寂寥的烟花突然升起，我就会趴在窗户上遥看。家人笑我，"都这么大一把年纪了，还像小孩子似的爱烟火盼过年呢。"有时候我自己也在感叹，"回不去了，再也回不到小时候了，人生就像这烟火，只有短暂的灿烂，过后留下的多是伤感，干吗还要去体味呢？"可是，这腊月一到，烟火一亮，我还是忍不住要去看看，忍不住啊。

我欣赏烟花飞落时的光华，哪怕只有一个瞬间的美丽。当那些耀眼的烟火组成各种各样的图案，在季节的天空飞起飞落时，沉沉暗夜便被写成一首抒情的诗：一道道晶亮的弧线，满挂着春天的期盼；一幅幅奇异的图案，涂绘出生活的憧憬；一片片缤纷的色彩，传递来祥和的祝福……它们竭尽全力地绽放光芒，用一生的力度释放辉煌。这样一个短暂的刹那，这样一种瞬间的奇美，不是足以诠释生命的博大和存在的价值吗？那么，在我们的生活中，那许许多多关于恩怨与爱恨、得失与生死的所谓终极课题，就在这烟火飞落中，瞬间得到破译。

人们总是在祝福和祈祷中去寻觅一种永恒，希望永远快乐，期待万事如意。然而现实不可能有这样的永恒。岁月时时变迁，总是在有情的生命里，留下无情的刻痕。俗话说，为人不自在，自在不为人。所谓的快乐和如意都是相对的，有时一个瞬间便成幸福，有时一刹那的感觉就是快乐，就像烟花绽放，在瞬间的灿烂里成就了关于美和幸福的永恒。这样看来，瞬间其实是永恒的另一种形式，有时候，一个瞬间或许就会成为一种永恒。婚礼上，新娘披上圣洁的婚纱，把纤纤玉指放在新郎手中，那样飞逝的一个转瞬里，就意味着两个生命携手一生的永恒；产房里，婴儿那响亮的一声啼哭，宣告他降临人世的刹那，就注定了一个生命存在的永恒……许许多多难以忘怀的瞬间，组成了生命里无数次的心跳，岁月会带走一些记忆，可那些曾经的感觉都会永驻心间，就像烟花随风飘散了，可灿烂地绽放在这辞旧迎新时刻的光华，会留在每一位喜欢它的人心里……

遥看烟花起落时，我们的生命和爱也随之灿烂辉煌。漫漫人生路，阙阙岁月歌，尽管会有千回百转的磨难，会有花开花落的叹息，但在昙花一现的短暂里，在豁然开朗的刹那间，早已写就生命永恒的真谛。让我们好好珍惜每次瞬间的惊喜，把握每个短暂的美丽，用心去体验生命中诸多的情感刹那，用爱去注解四季里每一页的长短行，如此，苍白的岁月顿时就会丰盈起来，满满的挂在记忆时空之上，在晴朗的日子，便会如风铃般摇响生命的音律。

片片贺卡寄祝福

　　每到元旦春节之际，我总要忙着给亲人和朋友寄赠贺卡，更喜欢收到别人的贺卡。一封封、一片片，发出去，收回来，传递着满满的欣悦，温馨了堆积一年的情感。由于我每年买的贺卡多，收的多，所以每年邮政部门的贺卡摇奖，我总会中到一两个奖项。

　　这些年，市面上的贺卡越来越千篇一律，有时还是单位统一到邮政部门定制的，但不管怎样，这一方小小的纸片，都绘成各种各样可人的图案，地理风物、民间文化、时尚一族、卡通拼图……无论哪一种，都配有吉祥的祝福语，洋溢着节日的喜庆。挑选一张贺卡，往往总挑自己所喜欢的祝福语，也不知道对方有没有避讳，会不会挑剔。因此，我总是在各式各样的祝福语与图案中，精心挑选着自以为合适的贺卡，就像行走在人头攒动的街头，努力寻找记忆深刻的那一张微笑。与其说挑选特定的贺卡送给默认的对方，不如说是重温与对方在一起过的日子，相互间的每一句话、每一个眼神，彼此间传达的每一个细微的情感，都在贺卡的选购与寄赠中从心底一一泛起。

　　我一旦收到来自亲友的贺卡，即便是明知道会有这一份祝福，心中仍然翻动一阵激烈的欣喜。从此，我便知道无论走到哪里，我都无法走出爱的视野。在大家为生计日渐繁芜的心田里，属于我的空间或许会越来越小，但始终不会被挤掉，寻常不得见，节日露端倪。在传统的节日，在喜庆的时刻，总会有一片片祝福从远方飞到我的身边。对于我这样一个离开故土多年的游子，早就是一只悬浮飘舞的风筝，有了这一枚枚小小的贺卡，就有了一根根牵挂我的心丝。那一端是我的亲人、我的朋友、我永恒的根。如果我一旦飘飘然虚狂起来，有这一根线的联系，我便不会脱离爱与善的轨道；我一旦昏昏然迷失方向，有了这一份牵挂，我依旧找得到一个安然如初的归宿……这绝对不是束缚，束缚是粗粝的绳索，而这一根根拽住我的细线，都是从那心灵最柔软处抽出的情丝，是一缕缕精致的爱。我是翻飞不止的生命个体，念念不忘的是那一束束被牵挂的情怀。

又是一年将尽时，我每寄出一张贺卡，便放飞一份美丽的祝愿；而每收到一张贺卡，亦是收获一份宝贵的硕果。爱其实就是一个链环，某一节涵融了善良与真诚，就会贯穿一连串的幸福与圆满，豪华的，简朴的，艳丽的，净素的……尽是爱。

粒粒皆辛苦

儿子慢慢长大，渐渐懂事，可是不好好吃饭的习惯仍然没有改掉。每逢他调皮时，我便用"不让吃饭"之类来吓唬他，不料他听了后，却如逢最大乐事，真正地完全不上饭桌。真叫我哭笑不得。

只要想起"不让吃饭"，我心里就涌起丝丝缕缕的苦涩，那滋味，流溢在心里，犹如一条奔腾的河流，令我难以平静

我出生前后，正是我国国民经济严重困难时期。打我记事起，就仿佛一年中老是吃红薯，吃质地很差的水面和细米疙瘩，若是吃上蔬菜和大米熬成的稀粥，就算是改善伙食了。那时我们家人口多，劳力少，加之改造房屋借了债，是全大队有名的"缺粮户"。每到分口粮时，队里干部就把我们拒之门外。有一回，我拉着祖母说："婆啊，把笸箩给我，我们外出讨饭去。"听了这话，祖母哭了。父亲单位的领导知道了这件事，发动别人给我家捐粮票。所以那时候，每顿能吃个大半饱就很不错了，哪里还敢接受"不让吃饭"的惩罚呢？

其实大人们并非真的不让吃饭，只是在我们不听话时，用"不让吃饭"来吓唬一下，我们就吓得六神无主，那悬着的心直到饭菜端上桌大人们说

"过来吃吧，原谅这一次"时，才慢慢落回肚里。

上了中学，受到这样的吓唬少了，但我却真正尝够了饿肚子的滋味。学校离家20多里路，中餐是从家里带一盒饭菜，另带一把柴火，由学校食堂帮我们蒸热再吃。我的祖母因长期做"少米之炊"，形成把大米煮得烂烂的习惯，这样显得分量多些。所以我带的那盒豆腐渣似的米饭，在学校食堂的蒸屉一闷，变得又湿又馊，无法入口。我每顿都把米饭倒进池塘喂鱼，只吃一点点剩菜。念初中的两年，我是饿着肚子挺过来的。因为营养缺乏，那时我身体发育不良，加之年纪也不大，所以成了班上的"幼儿"，常被同学取笑。

高中时是寄宿在学校，一周回家去驮一袋大米，由学校集中做饭，算是免了我吃馊饭之苦，但学校食堂不炒菜，同学们都是从家里带一罐子咸菜就饭。一年到头，老是咸菜下饭，弄得我们每到端起饭碗，就大倒胃口。吃饭的时候，才吃几口肚里就饱胀胀的，可还没上完第一节课，肚子便又开始咕咕叫了。家境好一点的同学，有家长给的零花钱，时不时可以到镇子上坐坐馆子，给肚子添些油水。我自然是没有这份奢求。有时饥饿难忍，我就偷偷溜出课堂，到附近的耕地，拔人家种的红薯或萝卜，连根带泥地啃起来。有一次我拔出一根莴苣，生的很难吃，就拿回寝室，用小刀剁成块，弄点盐渍着，吃得津津有味。以后，我就常常偷这类可用盐渍着吃的菜根。人说嚼得菜根，百事可为，我是真的吃了不少生腥菜根了。

这样的经历我从来没对人说过。读高中时，我因逃课被老师告到家里，家长揍过我，我也不说。因为从我的外表看，文文静静的像一个"文明人"，怎能与"偷菜""吃生菜根"联系起来呢？我害怕破坏了别人对我的印象，更害怕破灭了人生之梦。在我饿着肚子的时候，我发誓将来一定要挣碗饱饭吃，在我嚼着菜根的时候，我决心以后不让我的子孙受这种罪。所以当我的儿子还在他妈妈腹中时，我就购买不少水果、补品，进行"胎补"，让他"先天有足"。儿子出世后，我更是想着法儿弄可口的饮食，可小东西就是不愿吃饭，一见饭碗就愁眉苦脸，状若受刑。用"不让吃饭"当然吓不着他，倒是他的妈妈这样警告："再不听话，我要你吃两碗饭。"他才吓得赶紧改错。

多么悬殊的两种童年啊。我有时真的想用"不让吃饭"来惩戒儿子一下，让他尝尝真正饥饿难忍的味儿，但又害怕他因缺乏营养，而像我一样发育不良。其实，这还不是最忧虑的，我真正担忧的是，这一代孩子因缺乏饭菜以外的营养，而影响发育。

那年相思从未走远

"往事如风，划过夜空，"随着一曲《惜别的海岸》飘进耳旁，瞬间透入心灵深处，全身触电般战栗起来。好熟悉的旋律啊，好锥心的歌词，那年一段骤来骤去的美好情感，要命地向脑海袭来。今夜无眠，我，想你了，久违的你过得还好吗？

思绪倒转日月，追逐在那个冬春相交的日子，追逐在小坯屋里、校园旁边、山路上、轮渡……只为记起最初恋情中的一个你，一场命中注定青涩的、酸甜的、清纯的情感。

还记得吗？最初听到这首歌，还是你给我买的港台磁带。那年月"靡靡之音"初盛，我们都是时风追慕者。在一次都市旅行中，你偶然在一角发现了这种磁带，然后你说喜欢这曲子，然后你买来给我。今夕何夕，虽然日子早已刻满皱纹，但听了这歌声，仍然追逐青春。因你，偶尔夜静阑珊，我总会翻开属于你我那本刻骨铭心并封存在心灵深处的日记本，本子上写满属于自己爱恋的心思，还有摘抄他人缠绵的历练。缱绻拨开细碎的记忆，里面收藏的那一页页恋痕，一张张清纯的笑意，一直刻在我心灵深处，不可触碰。

夜如墨，遮花闭月，倩影如你，纸笔下，习惯搜索每一个属于你我曾经的真实元素。记忆里，一次摇头、一次摆手、一个眼神、一阵心跳，迎来一袭清新红装的擦身回眸，温婉浅笑。那年月，人性封闭，异性牵手已是罕事，而你却拥我走过都市的目光。

"万事到头都是梦，明日黄花蝶也愁。"初情昙花，缘分路程，从落笔三生走过断桥，最后来到奈何桥等五年，距离竟是那么短暂，宿命竟是那么感伤。自闭的情怀，缘定当初，注定你我都是相互的劫；造物弄人，命运促狭，注定我们要受到伤痛，疼到如今。不知道你是否试图淡忘，可是我做不到。

那年的映山红、那年的邮购书、那年的毛线衣，传奇故事里的你和我，情节尽在初情绽放的青涩校园。还是那年，毫无意料的一场认亲，一个懵懂的开始，一份纯真的初恋，一场热烈的携手，最终酿造的竟是一种意想不到的杯酒，很美，很真，却很伤。

今夜，又是谁唱响"惜别的海岸"，把我心底最柔软的部分燃疼，对着月亮，我在想你，你过得还好吗？没有我的日子里，更加希望你快乐幸福每一天！别忘了我们互相嘱咐过：只要你过得比我好！苍穹辽阔，月亮作证，你依然是我最美好的忆念，过往的一切，快乐也好，痛苦也罢，都是我们生命的念珠，让我们各自串起，挂在内心深处，合掌祈祷，许心立愿：人生珍重，岁月好，一定要幸福！

春江风雨夕

　　客居黄州的日子，最流连的是那刻有东坡先生一词二赋的赤壁。今年，在这个春江水暖、风雨稍息的傍晚，我又怀有一颗凄凄冷冷、寻寻觅觅的心情，来到东坡赤壁，试图再碰运气。

　　历史留给我们的，只有那座静静的山。山并不高，当年也还是叫矶，因有红土，就叫赤鼻矶。先生，你怎么就从这堵鼻梁一般的小矶上，登上了文字的顶峰呢？在赤壁山下，一片茂林修竹中，先生的塑像巍然屹立，一如磐石般的风骨，凝藏着不朽的诗魂与灵魂，先生背手远眺，神思飘摇，两道浓眉剑一样刺破了历史的喉管，岁月的册页即浸润了凝重的血渍，令夕阳战栗。

　　先生，那年你就是站在这里，眺望滚滚东逝的大江，忆起随风逝去的豪杰么？在洞箫如怨如诉的幽咽中，你道出万物与虚幻的道理，把流逝的光阴与永恒的风月演绎成深邃的哲理。而今，山间明月依旧照人，江上清风仍来拂面，可是何处能够再觅你那超脱的情怀和悠然的神情？

　　人说黄州因东坡而闻名，东坡因黄州而闻名。在这么一小片落难之地，先生是从哪里寻到那一眼智慧的源泉的？我从山上走到山下，遍寻了每个角角落落，似乎处处都是，却又处处不像，唯有从伫立天地间的那尊先生塑像，从先生那注视远方的双眼中，我猛然感到了一阵震撼。是啊，先生当年，就是这样把酒望青天，在一阵风雨过后、夕阳西下的傍晚，身心便渐渐融入仙乐飘飘的天上人间吧。那么今天呢？难道先生真的驾着那一页小舟，随清风逝去，到了人前不知的世界吗？在那里你是否会故国神游呢？你看到羽扇纶巾的周公瑾吗？小乔回眸一笑还能否醉倒江间的明月？

先生那智慧的双眼依然注视远方，对人生的感叹，对世道的洞察，渐渐化成万千烦恼丝，隐隐地还在这潮湿的风中飘飞。人生如梦，可梦不也是一种人生么？不然在那个雨后傍晚，你怎么会醉问明月几时有？又怎么能看到朱楼玉砌的天上宫阙。那一晚，你倾倒在杯中的月光，点明了多少代智者的心烛，你醉后留下的祝愿，长久了千百年的梦境。而今，你是在这里默默无语了，可是多少人走过这里后，便响起震聋发溃的豪放。

先生，岁月不居，流光又逝，在红了樱桃绿了芭蕉的时节，我又来看你了，看你搁在酹江亭里的梦幻，留在栖霞楼上的诗情。今晚，倘若月光尚好，我们再来畅饮一杯吧，让杯中酒浇去夜幕中的万千愁绪，引爆明日的万丈豪情。

江南映象

在我学生时代，读着戴望舒的《雨巷》，再听一曲《忆江南》，让我对江南水乡，注入一种强烈的渴望，总想到那雨丝缠绵的南国，去寻访油纸伞流泻的忧郁和三秋桂子散发的浓情。在江北大别山区孤闭的日子里，使我在诗书中总也触摸不到江南的脉络。而今，命运之舟偶然地把我带入了这座古老的江南小城，带入了诗一样的百湖之市。

江南是多雨的。或许是四五月间的梅雨季节太长，或许是秋冬雨季的雨丝太多情，或者是这里外有长江、内有长港、贯通百湖，江南给我的感觉是湿漉漉的，有时空气中都混有一颗颗水滴。在这样的日子里，我简直回忆不起故乡的秋高气爽和冬枯物燥是怎样一种情形。但湿有湿的温润，这多情的雨，让我想起杜牧那"路上行人欲断魂"的纷纷春雨，想起李清照在三杯两盏淡酒过后听雨打梧桐的幽怨。假若是在西风烈烈的北国晴日，恐怕不会有如此细腻的情愫，单是"长风几万里"的气息，就会吹断那些"剪不断、理还乱"的思绪。雨丝把鄂城老街的石板巷陌也打成了一片诗意，在古楼洞、四眼井、八卦石这些幽深的小巷，透过无声飘洒的雨丝，我曾真的看到那个撑着油纸伞、丁香一样结着愁怨的姑娘，她穿过诗人的笔尖走进我的心房。即使世道变迁，社会繁华，江南女孩的心事也总少不了些许幽怨，或许是这多情的雨丝，把江南女孩那过于灵巧的心思，浇染成一幅幅洇沁着淡淡乡愁的画。人在画中行走，就来到了唐诗宋词、古琴旧曲的最高境界。是的，江南本身就是一笺诗、一轴画、一弦曲。

江南是多水的。濒临着浩瀚长江，拥抱着大小湖泊，牵绊着条条渠港，"江南就是由水组成的，水滋养了鱼米之乡的灵秀。落日熔金，倒映在湖面上，一两只水船划过夕阳，数点青山隐隐，几声鸟啼幽幽……"王勃那支描写渔舟唱晚的笔，让多少人醉倒在江南意蕴中啊。江南女孩或许也是因了这方水土的滋养，才一样充满了灵巧，白皙的肌肤透出江南的温婉，含笑的双眸充盈着江南的柔媚。难怪古诗名画中，旭日凭窗时含情远眺的都是江南女子，月满西楼时，幽坐难眠的也是江南闺秀，也只有水一样的江南女子才会有这样多情和细腻的诗画呀。

江南是多情的。江南的草木花树、物阜苍生都有种难以抵御的亲和力。如玉似雪的梅枝散发着幽情；而折柳寄春的习俗，又让驻足江南的友客情不思归；那五月间喷香的白栀子，六月里别样红的池花，以及金秋时节纷纷飘洒落的丹桂，所有这一切属于江南的花枝，都会把日月山水浸润得晶莹欲滴。妙不可言的是江南的月光，多少玉人在二十四桥的月影下，把笛声演绎成一弯弯情波，凡是到过这里的人，无不被这样的瑶池佳曲醉迷。花影、笛音，连同那些红豆、菊影、篱围，构成了江南独特的精致。多情的江南如同多情的青鸟，为我衔来一段绮丽的梦境。

江南映象是极美的。一入江南身似景，终生诗情画意中。

读懂孩子的眼神

　　淅淅沥沥下了几天的雨，终于停下来了。尽管太阳还没有出来，可闷了几天的心却格外轻松起来，夹着一本心爱的诗集，我准备到荷塘边的石凳上坐坐，闻一下雨后新荷的清香。

　　路边的操场上到处都是大大小小的水坑，校园里很静，只有几个小孩子在水洼边玩耍。被雨水洗过的荷塘分外清新，晶莹的雨珠在墨绿的叶子上滚动，像一双双调皮的眼睛。

　　我刚坐下来翻开书，就有几个小孩子匆匆地跑来跑去。他们或有的拿着方便袋，里面装着什么，来到池塘边，把袋子里的东西倒入塘中，有的双手捧着什么宝贝，在往水里轻放。我好奇起来，走过去问正往水里倒东西的孩子。他大约四五岁，用带着方言的普通话告诉我，他们在远处的一个小坑里发现了很多小蝌蚪，水很浅，恐怕太阳一出来坑里的水就会干，小蝌蚪就会死掉，于是她们用小袋子把它们装起来，送到这荷塘里放养，可是刚走到塘边时，滑了一跤，袋子摔破了，小蝌蚪洒了一地，他们几个要赶紧把它们救到池塘里去。孩子的眼睛大大的，就像荷叶上滚动的雨珠，透着一股童稚的坚韧。旁边有一个小男孩还在来来回回地做"拯救生命的伟大工程"。

我站在池边，看他们忙得不亦乐乎，泥水把他们的小手弄得脏乎乎的，快乐却洋溢在每一张小脸上。我突然觉得自己好像在看一个童话故事，而这群天真可爱的孩子正在认真地演绎着一种责任。这种纯真的怜悯之心，在我们生活里太少了。社会的浮躁，人间的沧桑，现实的势利，已经让我们的心麻木于物欲的空虚，冰冷于尘世的隔膜。好久没有这种激动了，今天看到这群孩子纯净的眼神，无私的举止，像一团火焰，把世俗的坚冰熔成一泓清澈的池水。有这池清水，小蝌蚪不会死亡，会在池塘中渐渐长成青蛙；有这一双双清澈的眼睛，善和美不会在人间消亡，明天就大有希望。

与孩子相比，我们成年人的眼睛，里面掺进了太多的功利，我们的眼光掩饰了我们生命里最原始、最淳朴、最珍贵的东西，日子久了，整个身心都会枯萎。这是危险的，我们应该多看一看孩子们的眼神，如果每个人都能读懂孩子瞳孔里的爱和责任，或许这个世界就会纯净的和雨后的莲池一样，不被外界所扰，处风雨而挺立不屈从而生出一阵阵幽净与幽香，引得阵阵蛙声鸣唱于每一个夜深人静的日子。

读一读孩子的眼神吧，我们的内心就会被天真快乐不时地过滤，就会沉淀出多少虚华与浮躁，摒弃多少雾障与污浊。在纤尘不染时，会听到童少时的那一片蛙声，看见故土原乡的一池春水秋波……

读一读孩子的眼神吧，在那片纯净的天地里，我们会重新走入童趣世界，在那里森林不会面临被伐绝的危机，湖泊不会有被污染的险境。那里的天空明净如洗，那里的鸟儿和人类相互对唱，大自然的每一天里，星光不灭，每个季节，都有爱的花朵绽放。

单车骑行乐悠游

骑上单车，狂飙两轮，不紧不慢，畅游美丽河山，放飞快乐心情。这是我在这一年中的最大收获。

说来也许没多少人相信，在这个遇事讲效率、讲快捷的时代，旅游是日益便捷，且不说旅行团多如牛毛，服务备至，就是旅游的工具也有太多选择，坐车有高铁、大巴、私家车；坐船有豪华游艇、快艇；坐飞机还有打折票，还有谁去骑着单车慢腾腾地旅游呢？骑车旅游，似乎被这个浮躁的世道所抛弃。然而，我要说，骑着单车乐悠游，别有风趣，意味无穷。

第一次骑行，是早春的一个周日，一群圈内圈外的朋友，邀我加入神鸟山地车队。那天是骑行到另一个城市去开展联谊活动。我们全副骑装，驰出城外。早晨的原野，薄雾弥漫，长江水汽氤氲，堤上老树新绿，鸟啼婉转。我一边赏着风景，一边与车友说说笑笑，快乐就像身上的体温，不断攀升。很快就到了那个城市，该市的车友早在路边等候，两地车友，握手言欢，拥抱祝福，还有电视台的记者随行拍摄，格调闹的很高。在那个沿江古城，我们轻骑漫游，访古览胜，小巷深宅，皆可两轮驰至。赤壁的古朴、青云塔的苍凉招引我们循古人的足迹，作一番悠远的遐想；繁茂的公园，幽雅的湿地，吸引我们踏现代化的节奏，行一程新鲜的步履。或骑行大街，笑观高楼林立，或钻进小巷，相问摊户店家。时而趁热血心爽，登临江小山，眺望烟波浩渺的江面；时而借口渴急饮，入湖边酒肆，倚一窗静水。中午时分，就骑到市郊农庄，喝醇绵的荷叶彻水，尝地道的土灶菜肴。两地车友推杯换盏，互致良言，闹至半下午时分，才依依不舍骑车返回。这次骑行，我们不仅观赏了风光、品尝了佳肴，更结交了朋友，畅叙了友情。看来，骑车旅游所获，不仅仅是节省了金钱。

第一次骑车突破百公里大关，是穿过巴河到浠水。我们沿长江干堤，过鄂黄大桥，经南湖小镇，上巴河路桥，一路上挥汗如雨，时而逆风向而爬坡，时而迎热浪而滑行。行至一半，感觉脚踏千斤重，膝上酸软欲坠，几欲半途折返。幸有同伴相互鼓励，遂念念有词："最后的胜利往往就在'再坚持最后一下之中'"。于是一路紧跟领队，统一档位，一致频率，长驱直入浠水城。此刻，酸甜参半心境，非亲身经历，无以言述。

骑车旅游，兴趣盎然。且不说一年四季，田野如何由褐而绿，由绿而花，由花而黄，以及蛙鸣、鸟啼、蝉噪，平添多少新奇。也不说单骑"抛锚"，修修补补，摆摆弄弄，练成一身修理知识，单是在旅游途中组织的活动，就比人头攒动的随团旅游要有意趣得多。那一回骑到红莲湖，在一个建筑园区，我们与工友们一起赛球、拔河、特技骑行，还扑进湖里来一场游泳"锦标赛"。

骑车旅游没有赶路的烦忧。假日里，轻骑出行，自由恣意，骑着可以独自哼小曲，可以与朋友聊天；感觉好的景致，可以慢骑细品，可以下车拍拍照。心情高兴时，我就优哉游哉，把快乐放大；心情郁闷时，我就疾驰狂蹬，把烦忧抛撒。骑车旅游没有排队的拘束。大小景点，不论远近，车轮滚滚，一一驾临，想到哪就到哪，想看多久就看多久，不找停车场，不受塞车累。

当然，"慢"是骑行旅游的一个特点，也是一个缺点。行万里路，观万处景，骑行肯定比乘机坐车要多费许多时日。但是，我还是愿意用这种方式去旅游。因为这是最贴近和保护大自然的方式，这是最强健体魄和愉悦身心的方式，与那些不可磨灭的记忆相比，骑行的慢不是缺点，却是优点。细细想来，人生本来就是一种旅行，我们从不同的地方出发，最后都会到达同一终点：死亡。既然如此，又何必那么匆匆呢？精彩的生活需要耐心体验，让我们骑上单车，从快乐出发，以健康为中心，优哉游哉，慢慢流连吧。

雨打清明淅沥沥

今年的清明前后阴雨连绵，数日滂沱。这样的天气，更是将追思先人的情愫，肆意地撕裂开来。

想起先父生前，总是在这个时候，把我和弟弟妹妹们召集起来，到老家去上坟，而老家的乡亲得知先父每年这个时候是必回的，总是早早站在村头等候。春天的桃花烂漫在村塘埂上，树上的鸟儿不停地啁啾，伯叔婶母与父亲在乡间小道上亲切地寒暄。那个时候，清明不光是我们祭祖的时节，也是我们探访亲友、踏青采风的惬意时光。

父亲已经走五年了，在父亲走后的清明，点点凄凉。我这个长子也是每年组织弟弟妹妹们到故乡祭祖，也会跟乡亲们寒暄，可远不是当年父亲带我们回村的那个气氛。故乡也愈发的冷清，与我同辈的少年伙伴外出打工都不在村里，父亲那一辈的人也逐渐稀落，连村塘边的桃花，也疏落得挂满寂寥。

今年的清明更是寂寥到了极点。虽然有好几天假期，但天气预报说这几天连续的有雨，而且弟弟妹妹们中也有人因故不能齐聚回乡，多以我的计划一连遇措，本可 3 号成行，直拖到清明节后的 6 号才冒雨成行。往年这一天，老姑妈总要站在车站老家的小道边等候我们，然后同我们一起上山祭祖，可今年她老人家年衰体差，双眼几近失明，也不能陪我们了。雨点不住地打在我们的身上，心酸浸染在我们心头，父亲的坟头野草摇曳，连火中的纸钱也浸润清冷。

下山后，仍像以往一样，要到几个亲房叔伯家去走走看看，不料去年底"走"了一位老房兄，今年又刚刚病逝一位族弟。族弟媳的哭泣声和稀稀落落几个乡亲的办丧现场，令我感到一种弥漫全村的凄凉。想着光阴不仅似箭，还似一把利刀，把热热闹闹的人情、热热乎乎的亲情，瞬间斩断，一截埋进土里，成为永远的净土；一截留在世上，成了永恒的漂泊。在清明节里，一群群远走他乡的游子，不就是为了追寻渐行渐远的悲伤，才回到故乡，在故人的坟前哀思吗？

我不禁感慨万千，所谓清明，就是要让人们清醒明白，世事无常，人生短促。《红楼梦》中的"好了歌"传扬几百年，又有几人能明白其中的意蕴？生命就像这"清明时节雨纷纷"的季节，刚刚到达生机勃勃的鼎盛，就被一场又一场的冷雨摧打，把心底身外的所有美好欢快打进一地泥泞，叫人想捡起来都无从下手，即使弯腰低头，捡在手上的也只是包裹了污浊的一捧，剩下的也就是凄凉与哀婉。

生活中的人们啊，请珍惜一切美好的缘分吧，特别是与亲人、朋友在一起的日子。

梦

　　昨夜，我做了一个梦，醒来勾起很多思绪。

　　冰心先生说，梦是最不会骗人的。在昨夜的梦中，我还是一个受尽委屈的孩子。

　　那时，我刚做成一张床，极完美的一张大床，我惬意地躺上去。母亲走了过来，她告诉我说父亲回来了。我当时心里也明白：父亲离开我们已有很多年了，怎么会回来呢？我睁开眼睛看了一下门口，似乎记得眼睛睁得很费劲。父亲真的在向我走来，脸上挂着慈祥的笑。这时我就变成了一个小孩子，躺在床上装着睡意未消，打着滚儿在那里赖床，嘴里还哼哼地撒娇。父亲不发一声，坐在床边上。我突然涌起一种委屈的心酸，躺在父亲身边抽泣起来。我哭了很久，哭得好畅快啊，好像把很大的一块心结给冲开了，把背了很久的一种负担卸掉了。哭泣中，间或看到弟弟匆忙而充满怜悯的身影，心里徒添一种说不出的滋味。我闭起眼睛尽情抽泣，偶尔睁开看一眼父亲，他依然慈祥地笑着，看着我，表示着对我的理解和同情。这时候我就醒来了。

　　醒来后，我心里五味杂陈。我知道是清明将至，内心想着要去老家的祖坟山看望父亲，才有此一梦。但我不知道，我的内心竟这么脆弱，有这许多委屈要向离开多年的父亲倾诉。平日的我，看起来很坚强，作为大家庭的长子，许多事由我强势地做着决定。作为小家庭的家长，我有着自己绝对的权威。在工作生活上，也感觉特知足，孩子刚刚参加工作，妻子退休在家料理家务，自己的工作也驾轻就熟，不必像过去那么紧张，这么大一把年纪，也不再纠结繁杂的人情应酬了。我自感坚强和知足，别人看我也是春风满面，怎么在这夜深人静之际，翻涌起内心无限的心酸呢？

梦是不会骗人的。原来我的坚强是强撑的，我的知足是装扮的。我没有这么多的本事。父亲生前极有能耐，把我们这个大家庭，包括亲戚六眷都料理得妥妥帖帖。"背靠大树好乘凉"，我们在父亲的庇荫下，养成依赖的习惯。父亲一走，我这个长子明显感觉力不从心，在处理大家庭问题上，我常常出错。特别是当弟妹们向我投来求助的眼光时，我却不能像父亲那样，做好他们的支柱。就在这几天，有一房住在远方的亲人，悄悄地回故乡祭祖，这样的事我都不知如何应付才好。在家庭上如此，在工作上、生活上、社交上，以及身体上，看来我都是一个弱者，内心积满了委屈和酸楚。

但是，我必须坚强。父亲远走，我没有依赖，我要刚强地挺立人世间！

三月珞樱

因为儿子在武汉大学读书，我得以在这几年的早春，有幸观赏了那著名的武大樱花园。

三月之初，时雨时霁，乍暖还寒，武大的樱园就耐不住寂寞了。先是伸展那些缀着红晕的花骨朵的枝丫，在春风里得瑟地摇颤着。之后，在某个时刻悄然绽放，嫩嫩的，粉粉的，一朵、两朵，一札、两札，随即便肆意地盛开，哄哄闹闹，热热烈烈。这个时候，周围所有人的话题都是樱花，连飞来飞去的鸟儿也"花呀花呀"地乱叫。太阳懒洋洋地爬起来，把湿漉漉的阳光洒到校园里，不计其数的相机或手机的镜头早就对着樱花树，就等太阳来助拍了。这个时候，到武大来看樱花的人那叫一个多啊，甚至引起了武汉的交通堵塞。武大开始收门票了，想借此减少客流量。高校该不该收门票，竟还引起了媒体的大讨论。本来我们去武大准备买票的，结果每次都去得早，七点前是不售票的。

名校名山名花，多彩多姿多情。许是受了书香的浸润，武大的樱花格外让人垂青。漫步于幽深的樱花大道上，团团簇簇的花朵挤满了枝头，似雪非雪，似云非云。刚刚绽开的樱花瓣，洁白中略带粉红，晶莹剔透。盛开后的花树，一片浅红，一片淡粉，素雅宁静却不显苍白，每起一阵轻风，花瓣便在明媚的季节里辗转盘旋，无语翻飞，似乎一场花瓣雨，纷纷扬扬落到游人头上、肩上、衣袖上，这样置身其间，谁不怦然心动？站在古朴、雅致的老斋舍（武大樱园女生宿舍）楼顶上，看樱花大道上的樱树林，一道雪砌的长城，一片晶莹的海洋，中间夹了几点绿色，那是新生的樱枝嫩叶，缤纷繁绕，青绿的叶、粉灰的阁楼、暗红的琉璃瓦，抑或色彩斑斓的游人，都褪成了樱花的背景和点缀。

徜徉在明丽的鲲鹏广场，樱树中有错落的杂木，夹杂了串串艳红——可惜我不知此花其名，好似莹白世界里的一束束火焰，喷射着滚滚激情。这画面，无须相机聚焦，便绝妙无比，不需特意提炼，就主题鲜明，一切自然得无可媲美。

樱花只七日，芳华一夜净。樱树的花期虽然短暂，但正因她是在有限时日盛开的植物，所以极美，她在雅静与激烈，疏淡与繁丽，花开花落，弦断弦续的极端矛盾之中，造就一种极端的美。这样的季节，行走在这样的花树下，不自觉地就会涌起关于光阴、关于青春、关于生命的种种情愫，丝丝缕缕地沉浮和翻飞，让人迷醉在某种不可言喻的意境里。

相约在三月的武大的樱园，充斥着早春的浪漫气息，我深深体会到百年老校的文化厚重，感受到别样的雅致。武大的樱花，有坎坷的历史、有丰富的传闻，但不管怎么说弥漫在这个校园里的千余棵十余个品种的樱树，是一道少见的人间美景。据说，武大樱花的初花期，平均比五十年前提早了两周，即过去三月底才开放的花朵，现在三月初就绽放。初花期提早，花期延长，对游人是好事，但由她来证明的冬季气温升高，和城市热岛效应增强，却向人类发出了环境逆差的警示。

好花美丽不常开，好景迷人不常在，大家可都要护卫我们的地球家园哟。

大自然的灵性

　　国庆节之后上班，打开工作间的门，发现一个奇怪的现象，我们养在室内的一棵风景树，叶片上沾满红色斑点，地板上也是猩红点点。这到底是怎么回事呢？门是锁好了的，这几天不会有人进来。窗户留了一道很小的缝，是特地为给室内盆栽增氧留的，并没有大开的痕迹，不可能有人或动物进来。室内一切都没有异动，是谁为绿树平添红色呢？

　　同事们进来说长道短，最后大家比较认同的说法是：有信鸟在外面采了红果果，再从窗缝里钻进来，栖在这棵树上美食。

　　于是我忙着给树洗叶片，整枝，浇水，打扫室内卫生。忙着忙着，这才新发现，我们藏在小茶柜里的一包果脯被啄破了，柜子里满是红色小果核，与树叶上沾的一样。我这才恍然大悟，原来，是鸟儿飞进来，偷了柜子里的果脯，再到树枝上去美餐。进一步推断只能是：因为这室内有一棵树，生长繁茂，所以被鸟儿盯上了，平时室内有人，鸟儿不敢进来，这几天发现室内空空，便悠悠地从窗缝钻了进来，叼着果脯，在树枝上唱歌。至于那小茶柜的门，多半是我们忘记把它关牢了。

　　这样我就想到了大自然的灵性。首先是这棵树。几年前，它是租摆在另外一个写字间的，因为这间房屋长期无人，树快枯死了，被人家丢到室外的走廊上，想让租摆花草的师傅弄走。我发现后，便把它搬到我的工作间，换了土，施了肥，修了枝，还用抹布洗净每一片叶子上的蒙尘。不久，这棵树便鲜活起来了，如今，长到一米多高，比原来高一倍多，枝繁叶茂。每天我一走进工作室，就看见树枝颤颤欲摇，叶片叮叮如语，似乎在向我点头问好，感谢我的培育之恩。这就是树的灵性啊。再说这些偷偷钻进来，栖息在树上啄食的鸟儿。它们肯定是经过了多次的观察，才知道这室内有一棵可爱的树，在这个长假里，它们看到这棵树寂寞了好几天，就跑过来开辟它们的新乐园。这么说，这鸟儿的灵性，不亚于一位优秀的侦察兵呢。我还想到一盆花草的灵性，这室内还有一盆四季青，春天的时候，发得太快，长得太茂，以至于我得时时去剪枝。有一段时间没有修剪枝叶，里面的新枝多起来，我竟然发现，那些老枝自觉地往盆沿斜长，为新枝让道，老枝斜出盆沿很远，还昂起了头，像是顾眷孩子的慈父。

　　大自然无处不充满灵性。人与草树在一起，见证着它的每一寸成长，每一天变化，人也会变得睿智、善良和诚实。世界上没有虚伪的花草，没有邪恶的树木，你理睬它也好，不理睬它也罢，它依然四季常青，暗香浮动，它不为炫耀自己，而是精心装点你的世界。

养鱼小记

去年冬天，在菜市的一个鲜鱼摊，看见一堆小鱼，圆滚滚、肉坨坨的，有的还活蹦乱跳，甚是可爱。一问菜摊主人，说这鱼俗称"蹲子"，也有人叫它"小愣子"，喜在水中不停地追逐、漂蹲，又因肉多刺少，肥嫩鲜美。我便买些回来做菜肴。

后来，我还挑出几条蹦跳可爱的小鱼，拎到单位的工作间，用一只小水桶养着。三两天换一次水，有时丢一点饭食，有时几天都不管它。不久，小鱼就陆续死掉，也有一条跳到地面干死，以后我就不让水桶灌满。再以后，桶里只剩两条，一大一小，大的也就二三寸长，瘦弱不堪。许是慢慢适应了生存环境，两条鱼儿竟也就活了下来。

鱼儿在水桶里嬉戏的样子，真的好玩极了。它们似乎无时无刻不在互相追逐、撒闹，总没个安静下来的时候。特别是它们争食的样子，是我从未见过的，真是有趣。它们喜欢吃的是面条，一根面条放进去，就争着来吃，长长的一根，一下子吸进小嘴里去，然后又慢慢吐出来，那面条就像听话似的，在它的嘴边辗转飘浮，小鱼的嘴始终作咀嚼状，一吞一吐，极是调皮。

它们的吞食很谨慎，尽管吞的快，但也不断在吐出，似在尝试是否有钩，且只要旁边有一点点动静，两条鱼就一动不动，作僵死状。在没异动的时候，小家伙就吃得挺欢，边吃边不停地追逐。一般是大的追小的，像是大的不让小的抢食，欺负它。只要小鱼一沉底觅食，大的就去追，小鱼只好浮在水面上，呆呆地不敢到桶底下去觅食，这样叫我也帮不上忙啊。

鱼儿对饵食相当敏感。有一回，我用饭粒去喂它们，谁知一触水面，鱼儿就缩在一角，好像还浑身抖动，似有大难临头的样子。我当时很不解，后来一闻那些饭粒，哟，有些馊味。这小精灵那个敏感劲儿哟。

看鱼儿吃食的时候，似乎食量很小，老半天也吞不进一粒，但是放一堆饭团到水里，看着也不少的，到第二天，就不见了，可见它们还是挺能吃。不过要是你几天不去喂它，也照样活泼不停。有人说喂多了，鱼会胀死，其实不然，它们自会调剂着哩。

鱼儿在我的工作间里养活了半年，也长大了不少，那条大的，已由两三寸长到一尺多了。可是，前几天，我到洗手间给它们换水的时候，想着多增些氧气，便把小桶放在水龙头下慢慢滴着，不料我去干其他事，忘了及时收回，水桶的水漫了出来，鱼儿跳到地上。一位同事说他看见后捡起来了，还对着小鱼的嘴巴吹了几口气，终于没有抢救过来，全死了。

只要是生命，相处久了就会有感情。两条小鱼陪伴了我半年多，现在不在了，我就有些伤感。

风雨忆良师

　　我的文学导师丁永淮先生，离开我们六年多了。我常常怀念他。我有时想，先生可能到某个遥远而安静的地方写作去了，他怎么会放下手中那支辉煌的笔，而去作长久的休息呢？

　　在我的案头，总要摆着一本《心旅屐痕》，这是我和萧疏合著的散文集。我并不是对自己的文章孤芳自赏，而是这本书饱含丁先生太多的心血，每当看到封面上由他亲笔题写的书名时，我就倍添创作的力量。那年，我对先生说我想出一本集子，他是那样热情地鼓励和支持，他帮我联系了好几家出版社。那一天下午，我请他为我们的集子题写书名，他毫不犹豫地找来笔墨和宣纸，一口气写了四、五张纸，还认真地署上名字，盖上名章。他写完后谦逊地对我说："这几天感冒，手发抖，写得不好，你拿去选一选、修一修吧！"后来我才得知，那几天丁先生感冒得厉害，给我题字的当天上午还躺在医院输液。丁先生对我的厚爱，永生难忘。

　　拜丁永淮为师，是我人生中的大幸。他并不是我在学校里授课的老师，我是先闻其名，后见其人，继而在不断交往中拜师的。早在中学时代，我就经常在书报上看到他的文章，又多次听人介绍他是鄂东南文坛的一面旗帜，心中一直对这位未曾谋面的先生钦佩不已。我第一次见到他，是在1983年县文化工作表彰会上，当时我作为农村业余作者代表参加。会议期间，请了梅白、丁永淮等知名作家给我们见面并讲课。我对丁先生最初的感觉是：气质儒雅。他穿着严谨的中山装，瘦削的脸上架着一副眼镜，温和的表情，文静的举止，让人一见就肃然起敬。当时他坐在台上，我只能仰视着他，还没有胆量去接近他。

　　和丁先生正式交往，是三年后的一天，这时我已是城关的一名职工，一些业余作者自发成立写作协会，想请丁先生作名誉会长。那天晚上，当我随几位筹备人员去敲丁先生的门时，心跳到了嗓子眼，对见到先生的激动和对受到拒绝的忧虑，令我全身颤抖不已。但是先生的热情和慈祥很快镇定住了我。在他的书房，先生叫夫人为我们端来茶水，他就专注地听我们叙说创办写作协会的构想和做法，还不时提出几个问题。他当时那种认真的神态，深深映在了我的脑海。末了，他不仅爽快地同意了我们的要求，还亲自在我们的证书上签署他的名字。

　　这以后，我与先生的接触便频繁起来。后来我调到江南这所城市工作，离先生远了，但他仍然不断关怀我的进步。每年春节期间，他给我回复的贺年片，总要亲笔写上一段非常中肯的勉励语。他以省作协副主席身份，给省作协创联部写信，亲自推荐我加入省作家协会。我在本市组织一些重大文学活动，有时邀请莅临，他总是尽量赶来支持鼓励。在他去世前三个月，我们主办了一个业余作者的作品研讨会，那天丁先生还拖着高烧未退的身体，渡江涉水赶过来参加，并作了热情洋溢的讲话。中午饭后，我劝先生休息一下再走，他却轻轻摆了摆手说："我要回去打针吃药，就此告辞吧！"谁料到这一次与先生的告别，竟成永别！

先生在他的后十多年里，进行个人创作少得多了，他用绝大部分的时间来培植文学新人。在《人民日报》《文学评论》《湖北日报》《长江文艺》和当地党报、文艺刊物上，经常看到他为鄂东南地区文学新人撰写的评价文章，经他辅导、点拨而成为创作新秀的，数以百计，有的成为全国、全省知名作家。他身负省作协副主席、地委宣传部副部长、地区文联主席的重任，兼任全国和省几十个研究机构的职务，工作是那样繁忙，而且他连遭爱子夭折、妻子病逝的人生不幸，身体一直不好。但是，他那颗关注文学青年的火热心肠，始终未减半分。在他逝世的头天晚上，他同一位来访的青年作者谈创作，帮助分析其习作，至深夜毫无送客之意，只字不提第二天早上还要赶到省城出差的事。谁知第二天他从武汉返回，在鄂城樊口惨遭车祸，英灵杳上九重天。

丁先生，您以一颗博大的爱心对待我们这些后生之辈，不管多忙、多累，从不推辞我们的请求，而且总是挚友般的对待。可是，您怎么就舍得丢下这么多您深爱着的学生，过早地去作遥远的旅行呢？

往事恍如昨日。那年著名黄冈籍作家秦兆阳先生在京病逝，我约一些家乡师友撰文悼念。在我所约的人中，先生您是最早寄来纪念秦老文章的人，连报社编辑们都被您一丝不苟亲笔誊抄文稿的精神所感动。真没想到啊，这次却轮到我们为您写纪念文章了。先生，您对文学新人的无量功德，岂是这篇小文能述其万分之一的啊！

恩师远行水云间

得知鄂州日报社原社长、总编辑李振波老先生"走了"的消息，我深感突然又凄然——

近年来，老社长身体每况愈下，经常住院。毕竟是年过八旬的人，这一次是从市医院转到省医院，我就感觉老人家"大限"将到。让我感到突然的是，头两天还跟他通过电话，我问他治疗情况怎么样，老人家还是那么爽朗、乐观："没什么事，死不了，就是做些检查。"怎么才隔两天，匆匆地就走了呢？2016年12月31号，已踏在新年门口了，您怎么就不等过了这个新年啊！

老社长的家人打电话说，老人家有遗嘱，不开追悼会，不搞告别仪式，不惊动很多人。在文友中，只让告诉我和胡泊两位。这越发让我悲痛欲裂。老人家对我的厚爱竟至于此！

清晨的阳光还藏在东方的云层里，一声早醒的鸟鸣划过晨曦，天穹写出一道悲伤。当我和胡泊兄赶到殡仪馆时，老人家静静地躺在水晶棺里，容貌和往常一样，很安详、很和蔼，微闭着双眼和嘴唇，睡熟了一般。

这是一位坚强的老人，据说他垂危之际还是很痛苦的，他一直有心脏方面的毛病，在武汉的医院时，几次因心绞痛进行抢救。他是怕老伴和儿孙们惊恐不安，在作别时，还强忍剧痛，写遗嘱，诉心愿，让自己在亲人们面前，显得平静与安然。

此时的殡仪馆异常安静，袅袅香火腾起升向苍穹的烟痕，一如导引老社长走向天国的路线。我说要通知在鄂州的一些文友前来向老社长——大家的恩师作最后的诀别，可是老社长的家人制止了我。他们严格按老人家遗嘱办，不惊动他人。想到老社长轰轰烈烈一生，竟在离开世界时，这样的孤寂，一阵酸楚又从我的心里涌上来。

就这样匆匆见上一面，诉不尽无限师生情，恩师便踏上前往天堂的归途。

首次拜访老社长时，是在南浦路鄂州日报社的一间办公室内。那时他刚退到二线，但仍扛着评报员的艰巨任务，一天到晚仍坐在办公室里。他从报纸堆里抬起头来，清瘦的脸上满是慈祥的笑容。他握着我的手说："邱保华，我晓得你，很活跃的一位通讯员。有两次你送稿子到报社来，我还跟你打了招呼哇！"他这一说，我更惶恐。我那时在单位做文秘，有时送些报道稿件到报社，跟我打招呼的人，我记不住。当时只闻老社长大名，不识其人，我不会想到他会主动跟我打招呼。现在竟然记不起曾经跟他有所接触，真是羞愧难当。

这次拜访是受大家之托，来请老社长帮忙的。时在1995年秋，城区一些文友，特别是一些从事机关文秘工作的同仁，申请成立鄂州市写作学会，要聘请专家当顾问。大家说老社长原是《黄冈日报》的骨干，后调到鄂州创办《鄂州报》（后为《鄂州日报》），是知名老报人、编审、记者。

我们创办写作类社团，不能少了他的指导。我当时担任筹备学会的具体工作，在单枪匹马去会老社长时，心里是忐忑的，我这个普通通讯员，去请老社长、总编辑来当顾问，会遭到拒绝吗？

这种心结在我听到老社长的第一句寒暄时，立马释然了。他热情地给我续着开水，慢慢听着我的汇报，不时地给我提出宝贵意见。创办写作学会中的一些细节，他都替我考虑到。比如，他问到学会挂靠哪个单位，审批手续是否办妥，办公场所如何等等。我说挂靠市文联，正在民政局办批文，暂时依托市委办公室开展活动。他想了一下问道："好像省里的写作学会是挂靠社科联的吧？"我解释说，筹备这个组织的大多是作家，跟文联交道多些，再说市委徐副书记也把我们的报告签到文联去了。他连连点着头"哦"了几句，对我说："办社团要处理好各方面关系，要网罗各方面精英。一个社团要办好，不能少了三种人才：一是专家，这是为社团撑台子的；二是社会活动家，要让社团活跃起来；三是企业家，办社团来还是要有经济基础。"

从老社长那里出来后，我心里充满了获得感和信心。

老社长去世一个多月后的一天，他的儿子李晓地专程来到我的办公室，送来他父亲刚刚印出的两本书，一本《收藏杂拾》，一本《浠水县文工团简史》。我双手捧着散发油墨芬芳的图书，百感交集。过去曾多次接受老社长写的书，都是他亲自送给我，或打电话叫我去拿的，那些书上都有老人家的签字。他用那特有的字体，谦逊地请我"指正"或"闲阅"，而今这两本书上，看不到那熟悉的签字了。老社长，您是生气了吗？连字也不签上啊！

关于书，我还真有愧对老人家的感觉。

我与老社长之间，关于读书、买书、写书、出书、藏书以及捐书，都有太多的故事，每一个故事都足以写出厚厚一本书。20世纪90年代中后期，图书市场水货横陈，盗版特别多，图书价格也不断上涨，对我们这些工薪族的购书狂打击很大。这时，我们几个"书疯子"盯上了旧书市场。那时一些高校门口的旧书摊上，还真有些很好的版本，很权威的著述，是当时书店里所没有的。每逢节假日，我和石君等人相约去武汉、黄冈、黄石的旧书市场淘书。有一个周末的晚上，我接到老社长的电话："你们明天是不是又要出去买书哇？"

"您是怎么知道的？"我诧异。

"你们淘书四君子，经常出去淘旧书，谁不晓得？这样好的事，怎么不带我去哇？"

我一时讷言。淘旧书要到处跑，要忍饥受渴，要跟书摊老板扯皮砍价，还要拉得下面子。这样的事，我们几个"闺蜜"一起做做尚可，怎好意思叫上他老人家呢？

翌日一大早，他又打电话来，硬要和我们一起出去淘书。那一天，我们在黄冈师专门口一位姓刘老板的旧书摊上，每人淘了一大捆书回来。淘书途中，趣事连环，令人难忘。比如，刘老板为了减少跟我们一本一本砍价的辛苦，临时想出一个法子：论尺寸作价。他把我们选好的书，摞起来，拿一根尺子丈量，十元一寸，百元一尺，这倒是亘古未有的新鲜事。还比如，同一题材图书，选哪一种，选哪个作者，选哪个版本，我们之间总要争论一番。再比如，正巧遇到一位处理旧书的教授过来，我们便半路拦截，两大袋图书"一枪打"，过后又为"分成"争执不休。老社长这时完全成了"老顽童"，跟我们几个年轻人有"争"有"吵"，乐不可支。这以后，他几次跟我讲，你把自己买书的故事，一篇篇地写出来，结个集子，一定很有意义。可是我因为忙因为懒，写过几篇后，就没坚持下去，《买书的故事》没有弄出来，有负他的期望。

老社长对生活充满激情，退休后常跟老伴出去旅游，我们组织的外出采风活动，他也携夫人参加。每到一处，就有立意新颖的游记写出来，有时还发表在报刊上，令那些"上车就睡觉，下车就撒尿，到景点就拍照，回来后什么都不知道"的时尚游客汗颜不已。我也写一些游记，但坚持不够。有一天，老社长把我叫到报社办公室，专门商议写游记的事，他说现在旅游成为热点，身边就有很多朋友常去旅游，他想成立一个游记写作协会或旅游文学社团，想要我来操作这件事。当时我正处在公事、家事繁多的时候，虽然口头上没有拒绝，但未付诸行动。后来老社长把自己的游记结集成《行走的快乐》正式出版，并亲自送到我手上，还附赠一本"毛边书"。这种毛边书他只做五本，却送我一本。这是我有愧于他的又一件事情。

还有一次，老社长打电话来："邱保华，你说黄冈有个部长专门收藏鄂东地方图书，我整理了一些，什么时候你带我去看看哇！"听他这么一说，我又汗颜了。老社长晚年的时候，曾几次跟我说，他想把自己收藏的图书资料，分别捐送一些到相关图书馆、档案馆。我便说到黄冈市委宣传部原副部长刘明华先生热衷收藏本地著述的事。当时只是顺便说说，没想到老人家还真当一回事了。那天我白天上班忙，晚上找了一辆车，带着老社长和他的书，先到黄冈巴河文化学会，在学会主席张卫生带路下，到刘部长家送书，刘部长非常感动，相谈甚欢。那天我在刘家藏书间，还真的见识了很多鄂东地方宝贵资料，学到了一些鲜为人知的家乡文史知识。在回来的车上，我对老社长说，要在鄂州和黄冈的图书馆分别搞一个"李振波老先生捐赠仪式"。可是后来因种种原因，仪式没搞成。虽然老先生的书还是送了不少给图书馆，也发了他珍藏证，但我还是欠他一个仪式，这也是我的又一个愧疚。

一夜梦醒三更寒，师恩重重对谁诉？书桌上摞着一本本老社长的著作，过去一直勉励着我，现在依然是鞭策。老社长一生著述颇丰，特别在退休后，创作如井喷般爆发。他的文集涉及多个方面，有纯文学作品集，有新闻研究专著，有旅游文集，有回忆录，有史志考证，有读书札记，还有收藏杂拾。我常惊叹于老人家的多才多艺，以及他的"神速""快手"。一本书，他说想出版，当时还没写呢，可没多久就送到了我们手上。这些年，他出版的每一本书，都会在第一时间送给我，并在扉页写下谦虚的赠言。他的文集平淡中见隽永，薄小中见丰实，我一直舍不得放在书柜里，常置于手头床边，便于随手翻看。老社长还多次鼓励我出书，他每次送书给我时，总是说："我这样粗糙的东西，也能出书，你写的文章不错，也出一本书吧！"受先生的鼓励多了，于是在前年，我把自己多年写的或发表过的一些文学评论收集起来，结了个集子，题为《隔岸观花》。我送给他审阅，他逐篇修改，给了我之后，又想起一点什么来，又叫我送过去再修改，如此两次三番，有时半夜还打电话来，说他想起某篇中的某个问题，应当如何如何。老社长对我这个集子的严谨态度，胜过他自己。如今，这本集子的清样还在手头，上面有老社长修改的痕迹，一如他的音容笑貌，和蔼而深刻地注视着我。可是出版社考虑市场问题不愿出版，提出作为协议出版，要出一笔费用，我又在犹豫，至今这本集子还没有变成正式出版物。

恩师已去，大著永恒；睹物思人，情如潮涌。回忆与老社长交往的二十多个年头，感觉除了受他之惠，还是受他之惠。以往我写出一篇稿子，总想着要听一听他的意见。

"老社长，我又写了个东西！"

"好哇，发来我看看！"电话的那头，立刻传来爽朗的笑声。

今天写完了这篇关于他老人家的文字，又本能地打开QQ，老社长的名字仍挂在桌面，但我知道发过去后，他再也不会看到了。恩师哪里去，莫非行走水云间！

高风亮节在文坛

　　刚听到袁锦华先生去世的消息，我怎么也不相信。怎么会呢？就在前不久，他还同我谈写作事宜，是那样的兴致勃勃；就在前不久，我还在市地方志办公室见到他，是那样的神采奕奕。以他魁梧的身材，积极的心态，高尚的人品，他至少要活过九十岁的，可他现年还不到七十岁啊。当我在胡念征先生那里证实了袁先生去世的消息时，我的心颤抖得厉害，脑子里一片模糊。

　　与袁先生交往的旧事，历历在目。南浦一村三栋一单元，我的回忆是从这里开始的。那是 2006 年夏秋之交，天气还出奇的热，都是夜里了，蝉鸣还不停歇。袁先生穿着背心和短裤，双手托出一部书稿，是他和老伴朱先秀的合著，题为《双桅集》，要我为其作序，并联系出版事宜。那时他从工作岗位上退养已有五六年了，一直酝酿着出版一本自己的书。他说，写了一辈子文章，都是为了学业、为了事业、为了完成任务，一句话，都是为他人操刀，现在退下来了，该为自己留点纪念性的东西了。我接过这部近三十万字（后来出版时压缩至十七万字）的沉甸甸的书稿，心里也感到沉甸甸的。这部书的两位作者——袁锦华夫妇，都是大半辈子从事政策理论研究和大学政经文史教育的专家，他俩的著作，是我等才疏学浅之辈所能评价得了的吗？但想到袁先生执意要我作序和帮助出版，是对我最大的信任和提携，我岂敢推辞？在那些炎热的日子里，袁先生的书稿如清爽的凉风，舒畅了我的心灵。我深为袁先生的文风文识文胆和文采所感动。有时，我也斗胆向他提出一些"斧正"意见，袁先生总是那样微笑着点点头，说话轻声细语，带着一点鼻音，一副温厚谦逊的仁者形象。后来我把这部书稿推荐给湖北省写作学会的学者教授们时，大家也由衷佩服袁先生的文章，很快就同意列入《湖北写作文丛》正式出版。2006 年国庆节后不久，《双桅集》出版了，袁先生非常高兴，他在南湖大酒店订了酒席，请了我、封面设计者樊小庆、鄂州文艺界知名人士胡念征等人参加，那一天他不断地说着：今天我很高兴，很高兴，比过生日还高兴。

其实我认识袁先生还不是从这个时候开始的。1992 年我刚调到鄂州的那一年，我们单位要编辑一本《研究与咨询——劳动专辑》，我作为组稿编辑之一，将稿子集中送到市政府发展研究中心，袁先生作为《研究与咨询》杂志主编之一，同我谈了许多劳动专辑的编辑意见，使我耳提面命了他的许多难得的教诲。从此我开始接触他，袁先生的学术之风严谨而独特，他从事政府政策研究，可谓呕心沥血，一丝不苟。有时，他研究一个问题，数易其稿，不断地调查研究和核实阅对，即便研究文章被会议通过了，领导签署了，甚至已经付排了，只要他觉得有疑问的地方，哪怕一小点的地方，他都要把这篇文章搁下来，重新跑出去核查，不把问题弄清弄透，他是不会让他的研究文章散发的。这种严谨的作风，认真的态度，是值得一些理论工作者学习的。袁先生在鄂州从事市委政策研究和市政府发展研究 20 余年，研究的笔触涉及鄂州的方方面面，调查的脚步踏遍了鄂州的山山水水，鄂州的改革和发展，亦有袁先生的一份心力。

袁先生少时聪颖灵慧，学识渊博。他是中国人民大学语文系的高才生，早在学生时代，他就是校刊墙报的主笔，他读大学时写出的理论文章，就在《光明日报》《文汇报》《文学评论》等权威媒体上发表，有的还作为社论发表。他对文艺理论的许多研究，虽然是业余进行的，却很具前瞻性，深得一些专家学者赏识。

袁先生笔耕一生，硕果累累，但却又是一生坎坷，饱经沧桑。他是名牌大学毕业生，却分配在一个偏远的企业，从最基层的岗位干起，因为才华卓越，他曾被选拔到省委部门搞研究性工作。又因家庭种种困难，远调来鄂州，在市委市政府部门供职。不管在哪个地方、哪个岗位，袁先生总能安身立命，爱岗敬业，在自己的领域内做出相当好的成就来。他退养后，本可颐养天年，可是那一颗活跃的心却不甘寂寞。如果说，他在科技协会、写作学会、城市经济研究会等社会团体的职务，是"被动"地拉去上任的话，那么，他对共和国运动史的研究，却是主动积极，甚至是顽固性的。他坚信，研究共和国的运动史，对研究国家的政策史、发展史、社会心理变化史，及至经验教训成败得失等，都具有重要意义，他要把这个研究搞下去。为此，他搜集、购买了一整屋子的书籍资料，跑遍了他认为能够借阅到资料的地方，列出了详细的编写提纲。可能是因为其工程浩大，也可能是他预感到自己的精力有限，他还是想与人合作这个课题。就在 2006 年下半年，他的《双桅集》出版了之后，他邀请我和他的另一好友黄代发先生，参与编著工作。我们曾几次在他的塞满资料的斗室讨论提纲，研究写法，确定分工。不久，黄先生拿出了他那一部分的初稿，交给袁先生统稿。我的一部分，总是因为这样那样的原因，一直没有完成，袁先生也很理解我，没有催逼。现在想起来，这是我对袁先生的最大的愧疚了。

袁锦华先生走得太突然了。这个消息让我透不过气来。他是得什么病走的，事先是不是住过医院，没有谁告诉我，我也没有去看望过他。他的住所离我的住处并不远，有几次，我晚间散步到南浦一村，也曾想到他那里坐坐，终因觉得没有完成他交给我的任务，而不好意思上去，总想等写完我那一部分再去找他。没想到，袁先生竟撒手人寰。他是带着遗憾走的啊。

袁先生，你不要遗憾，你的著作留在人间，你的精神与品质永远感召着鄂州文坛。